U0132616

香港文學的六種困惑

吳美筠 主編

商務印書館

香港藝術發展局全力支持藝術表達自由，本計劃內容並不反映本局意見。

香港文學的六種困惑

主　　編：吳美筠

責任編輯：蔡柷音　曾卓然

封面設計：涂　慧

出　　版：商務印書館 (香港) 有限公司

　　　　　香港筲箕灣耀興道 3 號東滙廣場 8 樓

　　　　　http://www.commercialpress.com.hk

發　　行：香港聯合書刊物流有限公司

　　　　　香港新界大埔汀麗路 36 號中華商務印刷大廈 3 字樓

印　　刷：美雅印刷製本有限公司

　　　　　九龍觀塘榮業街 6 號海濱工業大廈 4 樓 A 室

版　　次：2018 年 7 月第 1 版第 1 次印刷

　　　　　© 2018 商務印書館 (香港) 有限公司

　　　　　ISBN 978 962 07 4582 9

　　　　　Printed in Hong Kong

版權所有　不得翻印

目 錄

把文學當作一回甚麼事？
── 序《香港文學的六種困惑》

吳美筠

　　曾經有朋友問我：香港有文學的嗎？走訪中國的學界，又遇上一個問題：香港哪有文學？問的人也不一定是圈外人，他們可能是作家，是文學熱愛者，是文學研究學者。事實上，香港像世界任何一個城市，總有人在創作文學，有人在閱讀文學，卻總有不少人忽略文學。為甚麼關於香港文學的困惑不斷？在講求經濟效益和增值的香港，文學是否永遠落寞於不顯眼的邊緣呢？認真探研下去，自是另一回事。

　　過往不斷聽到這類埋怨：只追求商業利益的香港忽略文學，資本社會不重視文學的價值。講了那麼多年的陳腔濫調，說話者到底把香港文學當成甚麼回事？上世紀七十年代，香港本土意識提升，以香港文學為本位的討論，多如雨後春筍，議論紛紜，為香港文學作界定。且不時聽到圈外圈內的人士侃侃而談，香港文學就是中國文學的部分，又或索

性只承認只有華語文學，不必標舉香港文學。在大陸和台灣甚至美加也有大學為香港文學設科的此際，身處香港卻自暴自棄，自是一種困惑。

為甚麼要把香港文學放在討論焦點？香港之所以成為一個地方，不能抹殺其歷史和政治的因素。香港從寂寂無名的漁港發展到殖民地，再而成為金融中心，到中國恢復主權回歸，無論文學、政治、經濟、人心、生態、社會結構和都會發展產生不同階段的巨大變化，而香港成為實踐史無前例的一國兩制的政治實體，促使香港進入世界眼球的，難免是波譎的民運和政治；文學，亦不時以對抗現實而存活於媒體的包裝。《香港文學大系》的出現，證實了香港文學的實存，並非如一般人口中或想像中，只屬於中國文學或華語文學的一隅。文學如何呈現香港人的話語，如何在熱鬧的消費閱讀、精緻商品生產中有所堅持，又如何為港人紓鬱解躁，發出面向世界而無愧色的聲音呢？香港有甚麼作品足以代表香港，足以傳世，呈現己身的主體性呢？

2016年「文學串流」一系列的香港文學議題研討，來自不同範疇的文學人皆發現香港文學市場的局限，以及文學工

作者愈來愈關心更世界性的讀者。可是，從熱鬧哄哄的討論回歸日常，我們發現對香港文學種種疑惑困窘，仍實實在在存在於大眾的視野。我也早由純粹從事創作的文藝青年，變成介入更多不同性質和面向的文學策展、推動文學發展工作的文化人，並不時面對大眾對香港文學的詰問，此即促成本書內的部分議題。書中評論試圖就普羅大眾對「香港文學」經常心懷迷惑的狀態打開向導，並非貪圖給出即時答案，而是引發文教界以致大眾讀者關注和思考香港文學無法一言以蔽之的發展處境，期待各界繼續探討，尋求另闢蹊徑的充分揣摩拿捏。

本書針對香港文學種種現象及發展中所面臨的桎梏，以六個難纏難答、令人頭疼的「困惑」命題，當中困惑皆是目前城中爭議和疑惑所在。討論雖指向某些事件，但延伸出來，卻實為本地文學發展一直以來積累的種種限制和困難。另外也有文章涉及目前香港文學發展面臨的，很多人想問，極可能不敢問，或索性不聞不問的黑洞：文學成為閒科中的閒科，在教育中被投閒置散，正規文學教育缺席迷失，當中學和大專界的文學教育工作者論盡文學教育退場的困惑時，年青一代又正不斷面對粵語書寫能否規範入典的燙手山芋。

用粵語寫作，是通俗？是本土認同？是不規範？抑或充分表現「港派」風格？粵語書寫可以成為文學正典嗎？這是香港人最難承受，已然又是所有香港作家所要解決的問題。輯內收入一篇年輕人的心聲，正好帶出以香港文學為本位，語言正是重要的閱讀和評論之渴望所在。

提到種種推動文學的活動，我們不禁經常宣諸於口的問難，有效嗎？抑或只是圍爐共暖的假象，離開文學活動的現場，香港生活如常，馬照跑，舞照跳，謊言處處荒誕滿城。我們可以靠賴大型年度書展和年度文學獎推廣文學，建立文學閱讀人口嗎？事實上，每年書展爆場，本地文學作家的身影混雜在促銷平賣和「趁墟」散貨的聲浪中，可有代理經銷人為他們推銷到國際舞台？是香港的文學創作沒水平嗎？當黃碧雲憑《烈佬傳》奪得紅樓夢小說大獎，陳冠中和董啟章的小說選入 20 大華文長篇小說的當下，香港年年舉行的文學獎，是否像一場有今生無來世的作業，只有煙花般燦爛，卻鮮見以推動文學家發展、培養讀者的審美品味為己任的搞手？近年得獎名單公佈後，不免惹來網絡一番唇劍泥漿之爭，誰的文章優而則獎，誰是漏網遺珠，都不是一時三刻定奪，這也解釋了評論為甚麼不可或缺。文獎得主得現身傳媒

得到注目，但稍稍留意，大眾依然落入香港究竟有沒有優秀文學作品的迷思。由此便知，如何使得獎作品入屋，評獎機制如何增加透明度、發揮文獎作用，都是文獎成效指標之一。

論到香港文學的價值在哪裏，她與香港歷史和社會現實構成怎樣弔詭的關係，足證文學的多元價值，香港的本土文學，既可作跨域理解，為香港人說故事，為香港編寫歷史。在資本社會裏出版書籍是一種消費行為，但現代人面對充滿壓抑的現實，如何通過文學所隱喻的具象穿越問題，穿越真相，對抗現實，不是三言兩語可以涵蓋。書中的數篇文章是誠意的啟程。

最後一輯提出香港文學史的編修之艱難與必須。這也是本地文學作家最大的困惑。甚麼時候我們有本土視野的文學史？為甚麼編修香港文學史那麼難。內地編寫的香港文學史在中國文學史的大敘事下往往體例蕪雜，評斷失當。事實上，編修香港文學史是整個香港文學界的共同願景，可是至今與正式編撰香港文學史仍然有一段距離。傳統的文學史觀及編修方法未必能準確處理本地文學與政治、社會、文化、語言的複雜難纏的瓜葛，只望論述企及修史的學術視野之開

拓，待後來者勉之加力之。

　　全書試圖提出六種影響當下香港文學盛衰及發展的議題，整合成一個思考系統。當中的訪評是一種評論的實驗形式，作者或進入文學講座現場，或與作家作訪談，下筆為文開展議題討論及批評。而部分評論文章來自香港文學評論主辦的座談會或講座和網絡平台「港人字講」的專題。為了容讓新晉發表的機會，全書編收不同年代的作者，共同直面困惑時，大家不分軒輊。感謝馬世豪博士在本書策劃初期協助編輯工作。感謝各位作者，當中有資深書評家、大學教授、教育工作者、詩人、散文家、評論家、得獎作家、年青學者、研究生、編輯、大學生，百忙中為香港文學的困惑獻策。或許，只要香港人像你，把文學當成一回事，香港，便自然少一點困惑了。

作者簡介

（以姓氏筆畫序）

方太初

詩人、作家、文學策展人、編輯。著作包括《浮世物哀》及《另一處所在》。

王貝愉

中文系畢業，卻輾轉投身傳媒業。任報紙編輯、專欄作者及自由撰稿人，文學既遠且近，對專題訪問欲罷不能。

王嘉儀

香港嶺南大學中文系哲學碩士研究生。研究興趣為文字學、《尚書》、《詩經》及香港文學。

吳美筠

澳洲雪梨大學哲學博士，曾於香港大學、香港浸會學院、香港嶺南大學、香港公開大學、香港教育學院等院校教授語文、文學及創作。任香港藝術發展局民選委員及文學委員會主席（2014-2016）。現為國際演藝評論家協會（香港分會）董事、香港文學評論學會主席、香港大學駐校作家計劃委員會委員。先後擔任香港書獎、中文文學獎、青年文學獎、小說引力華文國際互聯平台等獎項評審。詩集《我們是那麼接近》獲第一屆香港中文文學書獎新詩組推薦獎，出版包括《第四個上午》、《愛情卡拉

OK》、《時間的靜止》、《天使頭上的小木屑》、《雷明9876》、《獨眼讀看 —— 劇場・舞影・大學跨世紀》等。編有《港大詩人》、《中國現代詩粹》、《香港文學的六種困惑》。

吳國坤

現任教於香港浸會大學電影學院，研究計劃包括冷戰文化中的視覺文化與政治。

吳廣泰

曾任職報章編輯。香港公開大學中國語言文學系碩士，曾任香港公開大學人文社會科學院導師。鑪峰雅集會員、香港文學評論學會理事。主要研究範疇為中國現當代文學及香港文學，評論文章散見於《城市文藝》、《香港文學》及《香港中國近代史學會會刊》等。

宋子江

詩人、譯者。曾著詩集數本，翻譯多本。2013 年獲意大利諾西特國際詩歌獎（Premio Modiale di Poesia Nosside）。

馬世豪

香港嶺南大學中文系哲學博士，香港大學專業進修學院保良局何鴻燊社區書院講師，香港文學評論學會創會理事，「港人字講」創辦人和總編輯，曾任《聲韻》詩刊編輯，獲2016 年中文文學創作獎文學評論組優異獎。評論收入《本土、邊緣與他者：香港文學評論學會文集》、《讀書有時》和《電影中的香港故事》等書，論文散見《文學論衡》、《香港文學》和《文學評論》等雜誌。

張承禧

香港嶺南大學中文文學碩士。新晉評論人，獲第四十四屆
青年文學獎文學評論組優異獎。現於出版社工作，研究興
趣為香港文學與中國現當代文學，評論曾收入《本土、邊
緣與他者》一書。

梁家恆

香港中文大學中國語言及文學碩士，香港科技大學人文
學碩士，香港文學評論學會「港人字講」創辦編輯，清平
詩社創辦人之一。現任香港大學附屬學院講師，著有詩
集《在午夜撒謊》。

許定銘

書話家、藏書家。在本地從事教育工作 40 年，開書店 20
年，畢生與書結緣：買、賣、藏、編、讀、寫、教、出版，
八種書事集於一身。筆名陶俊、午言、苗痕等，別號「醉
書翁」。1949 年來港，讀小學時，因閱讀周白蘋的《中
國殺人王》與書結緣。1962 年開始撰寫新詩與小說，作
品散見報刊。六十年代曾與友人組織文社，編輯《芷蘭》、
《藍馬季》等刊物。七十年代開設創作書社兼在學校教書。
近年專注於撰述書話及人物評介，其內容以中國現代文
學及香港新文學的研究為主，已出版的書籍有《醉書閑
話》、《書人書事》、《醉書室談書論人》、《醉書隨筆》、
《愛書人手記》、《醉書札記》等多種。

陳智德

筆名陳滅。香港教育大學文學及文化學系副教授。台灣
東海大學文學士 (1994)、香港嶺南大學哲學碩士 (1999)
及博士 (2004)。著有《解體我城：香港文學 1950-
2005》、《愔齋讀書錄》、《抗世詩話》、《愔齋書話 —— 香
港文學札記》、《三、四〇年代香港詩選》、《地文誌：
追憶香港地方與文學》及詩集《市場，去死吧》、《低保

真》、《單聲道》等。2012 年獲選美國愛荷華大學「國際寫作計劃」之香港作家，2015 年獲頒「香港藝術發展獎：年度藝術家獎（藝術評論）」。

麥樹堅

曾任中學寫作班導師，現於香港浸會大學語文中心任教語文及文學創作。著有散文集《對話無多》、《目白》、《絢光細瀧》；小說集《未了》；新詩集《石沉舊海》；少年小說《突圍長跑隊》、《雜魚又如何》。合著《年代小說．記住香港》；合編《起點 —— 從年輕人的作品學個功課》及《途上 —— 賞閱年輕人的文章風景》。

筆惑

中文碩士畢業生，喜愛香港文學，書癡一名。

馮珍今

畢業於香港中文大學新亞書院中國語言及文學系，其後於中大取得教育文憑及教育碩士。資深教育工作者，一直致力推動文學教育。現專事文字創作，並兼及創作教學。著有散文集《見雪在巴黎》、《我的學生二三事》、《不一樣的學生》、《字裏風景》，童書《奇幻泡泡與石頭貓》、《中國人的故事：詩人和小說家的才華》，遊記《走進中亞三國——尋找絲路的故事》，以及編著《中學生文學精讀．劉以鬯》等。

翟彥君

中文教育在讀，是個平平無奇的學生。喜歡小說，開時唸詩；也會插科打諢。喜歡着香港，也喜歡着文學。

劉永森

大學中文系畢業，香港業餘撰稿人。

鄭政恆

影評人、書評人。著有《字與光：文學改編電影談》、詩集《記憶前書》、《記憶後書》及《記憶之中》；合著有《走着瞧 —— 香港新銳作者六人合集》；主編有《沉默的回聲》、《金庸：從香港到世界》、《五〇年代香港詩選》、《香港短篇小說選 2004-2005》、《2011 香港電影回顧》、《讀書有時》三集；合編有《香港文學的傳承與轉化》、《香港當代作家作品合集選‧小說卷》、《香港文學與電影》、《香港當代詩選》、《港澳台八十後詩人選集》及《香港粵語頂硬上》等。2013 年獲得香港藝術發展獎年度最佳藝術家獎（藝術評論）。2015 年參加美國愛荷華大學國際寫作計劃。

鍾國強

香港大學文學院畢業。曾獲青年文學獎、中文文學創作獎、中文文學雙年獎、香港藝術發展獎藝術家年獎（文學藝術）等。著有詩集《圈定》、《路上風景》、《門窗風雨》、《城市浮游》、《生長的房子》、《只道尋常》、《開在馬路上的雨傘》、《雨餘中一座明亮的房子》；散文集《兩個城市》、《記憶有樹》、《字如初見》；小說集《時或忘》及評論集《浮想漫讀》等。

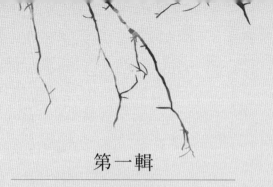

第一輯

文學缺席教育？

由中學到大專教育，制度上明明有文學科，但為甚麼香港文學研究和文學創作又不在正規系統中獲得認可？教育課程改革之後明明帶來中國文學科的教育改革，可是文學教育為甚麼未見興旺，反倒成為閒科中的閒科？本來從不受到大眾關注的正規文學教育迷失而求諸野。空有文學科，文學教育卻似乎缺席，這場缺席到底虧欠了甚麼？該由誰來負責？這會否是推動香港文學的死結？

香港的文學教育發展：
從創作與研究的角度思考

陳智德

受不了體制內激發反動力量向外求

　　文學教育的本質，在於超越平庸，走出語言的實用性框框，掌握通向藝術和理念之途，承傳文化，成就個人獨立風骨，不因利勢左右，使人性的存在更為完整。文學教育有點像藝術教育，很難量化或以實用、利益判斷，在一次過或一學期的課程和體驗行為之後，更需要持續長期沉浸，它的成敗取決於文化環境的配合，以至藝術傳統與經典的薰陶，也靠賴學生自身的意志和生存空間的支持。文學教育一方面需要有普及層面，因為基本的文學素養，對一般學生和社會的其他方向發展都有長遠裨益；另一方面，文學教育更不

能忽視本身專精、尖端層面的培育，需要空間予真正有志並具相應水平和條件的學生，從創作、評論和研究各領域向上提升。在實踐方向上，文學教育除了藝術品味的提升，更是視野的銳化，它是個人生命情調以至志業的培育，多於一項技藝的教習。

九七回歸以前的三、四十年間，在香港有志於文學的青年，其所領受的文學教育，主要透過報紙副刊文藝版、文化雜誌、書店等媒介以及由民間團體興辦的文學獎、戲劇、講座、寫作坊、展覽等活動，例如六十年代有各種文社和詩社的座談會，有創建實驗學院（創建學會）主辦的詩作坊；七、八十年代有青年文學獎主辦的徵文比賽、中學巡訪，有香港青年作者協會主辦的文學營、學習班等等。其間，主流教育體制的參與近乎零，卻是香港文學發展的重要時期，由各媒介及民間團體催生了兩、三代的作家。

反思九七回歸以前的主流體制內的文學教育，所使用教材長期停留在早期五四作品如冰心的〈寄小讀者〉、朱自清的〈背影〉、聞一多的〈也許〉，實際上為體制外的民間文學教育建立反向、反撥的動力，就是因為受不了考試導向、

實用語文導向的體制內教育，才激發具求知慾、懂得反叛的學生向外尋求，例如在教室被迫觀看教育電視中文科節目的詩歌朗誦環節而嘔吐大作的學生，領悟到詩歌不應如此受辱，更自發到書店尋找詩集；上課誦讀冰心〈寄小讀者〉至沉悶欲絕的學生，在書店發現《香港文藝》、《秋螢》、《九分壹》等文學雜誌而如獲至寶。

不必花時間批評令學生厭惡文學的教育體制

九七回歸以後，教育改革雷厲風行，課程一改二改三改，教師壓力與焦慮如受困鍋爐，疲於處理愈益初階也愈益瑣碎的教學內容。如此主流體制教育，培育出大批鬱結重重的師生，按理應該催生更多向外尋求文學的學生，可惜九七回歸以後，特別二千年代以後的報紙副刊文藝版、文化雜誌、書店等媒介幾乎全線倒閉，學生接觸真正文學和投稿的園地大大減少，有一段時期，公共圖書館舉辦由關夢南、葉輝、黃燦然等任教的寫作班，以自由、開放的討論氣氛，一時培育出不少青年作者，可惜未有相應的發表園地。《詩潮》、《月台》等刊物壽命太短暫，東岸書店、阿麥書房僅數年而止，體制外民間文學空間的急劇萎縮，才是香港文學

發展的問題癥結。

中學課程本可普及文學知識、培育閱讀能力、興趣和習慣，可惜在考試和升學主導的環境中，文學教育變成沒有文學的文學教育，甚至引發對文學的窄化、矮化，愈有志向的學生愈厭惡文學，談不上有興趣或閱讀習慣，只徒然生出教育的反效果。因此，文學教育不能過於倚重教育體制，更不必再花時間批評體制或提出意見要求它去改善或「改革」，夠了，教育體制不再摧殘教師、不再磨滅其熱誠已屬萬幸，但有可能嗎？教育體制一向致力摧殘教師以增進「業績」，教師熱誠只能與售貨員看齊，它重視的是數字和消費者（包括學生、家長、僱主、企業、官僚、政客層層壓下式的消費）。實際上，教育體制原非一意孤行地推行自己的理念，它推行的本就是一種大眾默許的、配合主流政治社會取向的工業，在其暢銷品牌連鎖回贈優惠產品系列中，不需要文學，文學也不應受其糟蹋。

靠賴民間力量卻缺乏發表園地和研究學生

　　香港的真正文學教育，仍必須靠賴民間力量，期望學生在體制中厭棄或被扭曲的，有一天會在體制外重拾，香港文學本來一向在體制外自行發展，關鍵的是，目前體制外的空間 —— 報紙副刊、雜誌（包括紙媒和網媒）、出版、書店、廣播、電影和音樂等等媒介，以及民間團體的發展取向，可容許多少文學空間、自身的視野水平以及持續性（即是資金、經費）可有多久，都是極端使人憂慮的事。一個城市的作家，不能靠中學、大學之寫作課去培育，課程只能是一個啟發點，單靠寫作課所培育出來的寫作行為都很短暫，大部分學員在課程結束後終身不再寫作，這不是課程設計者或執行者的問題，而是外界未能配合，根本沒有發表園地，沒有真正的討論、回應以及可供參與的環境氣氛，創作只能停留在交功課、交習作以求取分數的層次。真正來說，文學的發展必須予讀者、投稿者（不管他們是否學生、是否年輕）有空間，才有機會成為作者以至作家。

問題另一方向是高等教育（或稱大專教育）層面的文學研究的教育，本來，香港文學之研究資料，歷年整理了大量，香港學者、作家如盧瑋鑾、黃繼持、鄭樹森、劉以鬯、吳萱人、胡國賢、黃康顯、璧華、林曼叔、方寬烈、也斯等等，以至大學和公共圖書館，對香港文學史料整理、保存，用力甚深，整理史料並出版多種資料彙編、作品選集、作家傳略、書目、年表、年鑑、資料庫等，其間最重要的有盧瑋鑾、黃繼持、鄭樹森所編之《早期香港新文學作品選》、《國共內戰時期香港新文學資料選》等五書，新近亦有陳國球總主編之《香港文學大系》十二冊，歷年成果可謂豐富，所不足者是利用資料作研究之學生。

香港學術界不設科，港外卻勃興更多研究者

以上歷年整理出的香港文學資料，利用它作最多研究、也最關心香港文學研究的，竟然不是香港學生，而是中國大陸、台灣、韓國、日本的學者和研究生，包括九十年代以來從事台港文學研究的中國大陸學者古遠清、袁良駿、劉登翰、王光明、趙稀方；台灣之李瑞騰、應鳳凰、陳建忠、須文蔚、游勝冠、簡義明；韓國之朴宰雨、金惠俊；日本之

藤井省三、池上貞子等等諸位，難以盡錄，而中國大陸和台灣的碩、博士研究生，也有不少選取香港文學為研究領域。回看香港，在中大、港大、浸大、嶺大、科大的人文學科學系研究生，名額本來就不多，在大學本科開設「香港文學」科的大學亦莫名其妙地少，而受限於師資人數及本科畢業生對香港文學的認識，加上更實際的研究生出路方面的考慮，以香港文學作碩、博士論文題目的更屬少數，我很恐懼，二、三十年後（或更短時期），香港再無本土培育出以香港文學為專業的大學教授。

我們固然感謝中國大陸、台灣、韓國、日本的學者和研究生對香港文學研究的熱誠投入，但香港本身始終不應在「香港文學」的研究領域中過於自限。一方面引人笑話，全世界的已發展城市只有香港，對自身之文學研究數量稀奇地少，大學不開設「香港文學」科，我們視作慣例，卻教外國學者大惑不解；另一方面，中國大陸、台灣、韓國、日本的學者各有其所在地之觀點角度和立場，即傾向站在中國大陸、台灣、韓國、日本的角度來評論香港文學，這當然有利於學術研究的多元發展，然而香港本身之香港文學研究之重要性，在於這項領域中持守獨有之香港角度，它的邊緣化，

同樣也會是香港角度、特別是學術研究層面上之香港文學理念聲音的邊緣化。

因此，在碩、博士高等教育層面的香港文學研究教育，是刻不容緩的事，香港的香港文學研究教育，本有接近資料來源的優勢，也更容易理解香港文學的歷史背景和社會現象，研究生除了繼續在學術專業發展，也應可在香港的策略發展特別是文化政策以至具體行政上作出貢獻。香港文學研究教育者在其間亟需培育的，是文學傳統和香港角度的傳承，使香港文學既有的人文精神，透過學術論述而能發揚，以至創建新理念。然而在學術和教育角度的討論之先，似乎更迫切的是回到大學研究經費、撥款、研究生名額以至研究生出路的老問題。

文學推廣、培育人才僅屬基本

香港的文學教育，應該包括文學知識的推廣、培育創作人才和高等教育層面的香港文學研究教育；前二者仍須仰賴民間團體的努力，或教育體制以外機構如公共圖書館、香港藝術發展局的共同努力，其間須有媒介和文化環境的相互

配合。文學知識的推廣普及是基本工作，但更須向高處看，追求提升，而不能一直只顧於針對大眾的推廣宣傳，香港文學不應長期在基本層次反覆重述初階內容。文學創作方面，應以培育作家可與中國大陸和台灣的一流作家合作對話為起碼目標，香港文學一直保存「言文分途」的書面語寫作傳統，這本是嶺南文化傳統一部分，香港文學作品正作為「言文分途」的具體語言實踐記錄及藝術深化結果，豐富了傳統中國語言的既有成份，是香港中文書面語的優點所在，也是香港文學的特色之一，「言文分途」的書面語寫作使香港文學有別於中國大陸和台灣近乎言文一致的寫作語言。當中的教育意義，可說是關乎本土，亦超乎本土，除了文學本身範疇的創作，也應可與電影、電視劇本的創作以至跨媒介的創作教育廣泛合作。

至於高等教育層面的香港文學研究教育，屬於大學範疇之事，如上文所論，位置十分重要，關係到香港文學的論述角度、解釋態度、話語力量和人文傳統的持守，絕不能輕率任由繼續忽視。然而大學本又屬於正規教育體制一環，香港的文學教育始終無法擺脫教育體制的羈絆，不過大學教育本就應在體制中保持高度自主，香港文學研究的教育、

香港角度的香港文學碩、博士研究生教育，最終能否獨立地受到重視、學者的空間和研究生的出路能否改善，應受到更廣泛關注。

消失中的香港文學創作及文學研究，華文文學的缺塊

歸根究柢，香港的文學教育，不是一般人以為的「文學界別」內部的事，它關係到香港新一代作家和文學研究學者的水平和數量，也就是關係到香港既有的人文傳統和文學理念，以至整體城市的文化水準和視野；如果香港的文學創作以及香港文學研究，與中國大陸、台灣的水平和數量愈趨懸殊，突顯香港視角和聲音在當中的缺席、弱勢甚至進一步邊緣化，將是華文文學領域中無可挽回的缺失。香港角度的文學創作以及香港文學研究的消失，亦將是香港的消失。

論香港文學教育——從契機到困境

馮珍今

前言

論及目前香港文學教育的發展情況，不能不説的，是十多年前，預科中國文學科課程和評核模式的改革，這個翻天覆地的變化，為香港的文學課程帶來了很大的改變，對教學亦起了不少衝擊，令香港的文學教育向前跨進一大步。

追本溯源，香港中學的中國文學課程都是選修科，可分為兩科。略述如下：

（1）高中（中四、五）中國文學科（1990 年起實施），包括文學賞析和文學常識兩方面的學習，課程提供三十五篇文

學賞析指定教材，以及文學常識學習重點。

（2）預科（中六、七）中國文學科（1992年起實施），由閱讀教學、文學史教學及寫作教學三部分組成。課程提供二十五篇教材，文學史則從先秦至現代，分為九個時段施教。寫作方面，訓練學生論說、描寫與抒情三種基本表達方式，文體則以散文為主。

新修訂的中國文學課程於2003年在舊學制[1]的預科（中六和中七）開始推行，於2005年舉行的公開考試——香港高級程度會考，香港考試及評核局（以下簡稱考評局）亦因應新課程而改變了中國文學科的評核模式。

1　舊學制是初中三年，高中兩年，中學會考成績優異者得以繼續升學，報讀預科（中六、中七）。預科畢業，高級及高級補充程度會考成績優異者得以升讀大學。

2009 年開始，香港學制改為高中三年制[2]，公開試易名為香港中學文憑考試（以下簡稱文憑試），中國文學科的新課程和新評核模式在過往的基礎上開展。新課程和新評核模式已經推行了一段時間，香港教育局課程發展處和考評局亦於 2013 年發表檢討報告，並落實了優化的發展方向。

遺憾的是，近幾年來，愈來愈少學校開設文學科，愈來愈少學生報考文學科，學生的文憑試成績也不算理想。

新課程已經推行一段時間，本文的寫作目的，主要檢視 2003 年修訂課程和評核模式實施後，為文學教育帶來的契機，並析述 2009 年高中學制改變後，新課程為文學教育帶來困境，並提出其中值得思考的問題。筆者不是學者，也沒有為此做過教育研究，只是嘗試從一個文學教育工作者的角度看問題，其中的觀點或許缺乏研究數據支持，但所談的是觀察、實踐，以及與不少前線文學老師交流的所得。淺陋不足之處，期望關心文學教育的朋友多多指教。

2　在新高中學制中，學生必須修讀四個核心科目，即中國語文、英國語文、數學、通識教育。此外，學生可從 20 個科目中，選讀 2-3 個選修科目，或選讀職業導向教育的科目。

預科文學課程簡介

以下據《中國文學科課程綱要（香港高級程度）》及《中國文學課程指引（中六）》，先就 1992 年實施的「舊課程」與 2003 年實施的「修訂課程」作比較，並闡述「修訂課程」的特色。

中國文學科課程內容的比較：

舊課程（1992）	修訂課程（2003）
閱讀教學	**文學賞析**
1．讀文教學： 指定課文 25 篇（部分篇章結構是一篇帶及多篇，實為 33 篇）	1．文章選讀： ➤ 課程指定作品 24 篇 ➤ 教師自選作品 2．名著選讀： 推薦書籍 4 類共 47 本（學生最少要從 4 類中選讀 3 類，每類最少選讀 1 本）
寫作教學 學生以寫作散文為主	**文學創作** 學生可以創作散文、詩歌、小說或戲劇
文學史教學	**文學基礎知識**

2005 年中國文學科評核模式：

部　分	內　容	比重	評核形式	考試時間
公開考試	卷一　文學創作	25%	筆試	3 小時
	卷二　文學賞析	50%	筆試	3 小時
校本評核	卷三　創作練習	15%	創作練習	
	卷四　課外閱讀	10%	6 個分數；	
			閱讀報告	
			3 個分數	

預科文學新課程帶來的契機

一、課程結構及組織

1. 增設自選作品，因材施教

　　舊課程的指定教材共 25 篇，公開考試的閱讀卷主要考核指定教材。修訂課程刪去部分偏於經學的艱深指定課文，代以純文學作品。舊課程只研讀指定課文，但求熟讀、強記有關課文資料的學習模式；修訂課程加入「自選作品」，教師可配合學生的興趣和能力選取文學作品，並結合指定與自選作品，引導學生欣賞、分析及評論。

2. 擺脫文學史的羈絆，釋放學習空間

　　舊課程中的文學史教學，跨文體，通古今，重作家與作品，兼及文學思潮與流派，既要求精，亦要求博，學與教俱感吃力；且學習模式偏重熟讀、強記資料；修訂課程刪去文學史，代之以文學基礎知識的學習，課程不要求孤立處理文學史教學，而是結合適當的學習材料，讓學生以文學作品作為具體例子，從而掌握文學基礎知識。

3. 引入文學創作，培養創意

　　舊課程在寫作教學方面，以散文為主，公開考試亦設寫作卷。修訂課程則引入文學創作，教師可指導學生運用不同的寫作技巧，嘗試不同文體（詩歌、散文、小說、戲劇）的創作，學生擁有創作經驗愈豐富，了解創作的歷程愈深刻，賞析作品的能力亦會提高，而加強創作能力的培養，則可激發學生的藝術創造能力。創作練習由教師作校內評核，藉以減輕考試壓力，避免「一試定終生」。公開考試則設「文學創作」卷，考核學生的寫作能力及創意。

4. 閱讀古今經典，豐富積儲

　　研習文學，閱讀原著，至為重要，修訂課程加入「名著選讀」，讓學生汲取優秀作品的精華，以拓展其視野和胸襟，提高賞析和創作能力。修訂課程提供閱讀書目，遍及古今文學經典名著，並涵蓋不同文體（詩歌、散文、小說、戲劇），供學生自習，由教師作校內評核，從而減輕考試壓力。

二、學與教

1. 重視學習策略，促進自主學習

　　教育改革提倡自主學習，課程強調最有效的教學，是以學生為學習的主角，在課堂及其他學習場合，要盡量令到學生主動經歷、積極參與活動。與舊課程相比，文學教學比以前更強調學習策略的運用，如營造情境、探究學習，前者可透過朗誦、角色扮演、戲劇表演等方式，引導學生親身體驗作品所描述的世界，後者可引導學生就不同的課題進行探究，使他們有更多自主學習的空間。教學過程中重視學習策略，有助促進學生自主學習。

2. 文學學習經歷，總體比前豐富

　　修訂課程環繞閱讀、賞析、創作這三大元素構建。學生直接閱讀和欣賞文學作品，也會作適量的文學創作實踐。整個學習過程，講究學生的經歷和感悟，以培育學生的興趣和欣賞文學能力為最重要考慮。新課程又強調拓闊學習空間，突破課堂限制，教師可善用學校及社會資源，與其他科目、學校、機構合作，安排文學活動，讓學生從社會實踐中汲取文學的養分。如舉辦參觀、探訪、考察和交流活動等。近

年學生參加各類文學活動，例如講座、文學營、文學散步、欣賞話劇、創作比賽等，比過往踴躍，與此不無關係。總體說來，學生的文學學習經歷比舊課程豐富。

三、評核（公開考試）

1. 加入校本評核，兼顧進展評估

舊課程沒有校本評核，新課程則採用校本評核，包括「課外閱讀」和「創作練習」，前者由學生自習，教師須安排作業，要求學生定期繳交；至於後者，則由教師作出安排，在詩歌、散文、小說、戲劇四類文體中，最少選擇兩類，讓學生進行創作練習，教師向考評局呈交創作練習的分數。校本評核能鼓勵學生多讀課外書籍，亦能照顧到學生在創作過程中的表現，更全面地反映學生在文學創作的情況。

2. 引入文學創作，推動創作風氣

新課程實施後，在公開考試帶動下，學生因此更重視文學創作，間接令香港文學創作的風氣也一下子蓬勃起來。

3. 結合課外作品擬題，擴大學習空間

新課程公開考試中的「文學賞析」卷，不會單獨就課程「指定作品」設題，會結合「指定作品」及「課外作品」擬題。學生不用像舊課程時期的學生一樣，專攻「指定教材」，以求過關。新課程擺脫指定教材的羈絆，為增加學生的閱讀量製造空間。

4. 不設文學史考卷，減少考試壓力

舊課程公開考試設考卷考核文學史，學生亦多靠死記硬背文學史的資料應試，以致出現考完即忘的現象。新課程公開考試不獨立設卷，將文學基礎知識融入「文學賞析」卷中考核，減少學生的考試壓力。

新高中學制帶來的改變

2009 年開始的高中文學新課程，主要是因承 2003 年中國文學課程的改革構思而來，分「必修」及「選修」兩部分。據《中國文學課程及評估指引 (中四至中六)》[3] (以下簡稱《指引》) 和考評局的評核大綱，2009 年文學課程內容簡略介紹如下。

一、課程結構和組織

	指　引
必修部分	1. 建議時數：約佔三分之二至六分之五。（2014 年修訂） 2. 包括文學賞析與評論、文學創作、文學學習基礎知識的學習。 3. 課程提供 28 篇指定作品 (篇目見附錄，頁 35-37) 和名著選讀的閱讀書目。（《指引》頁 10）。

3　課程發展議會與香港考試及評核局聯合編訂《中國文學課程及評估指引 (中四至中六)》，2007 年出版，2014 年修訂。

選 修 部 分	1. 建議時數：約佔六分之一至三分之一。（2014 年修訂） 2. 提供 8 個選修單元，建議選修 2 至 4 個。 （2014 年修訂） 3. 選修單元包括：作家追踪 —— 自選作家作品選讀、名著欣賞、文學專題、現當代文學作品選讀、香港文學、戲劇文學評賞、文學作品的人物形象、文學創作 —— 原創或改編。學校亦可按校本需要開設自擬單元。 4. 選修部分以必修部分的學習為基礎，是必修部分的延伸和發展，體現課程的選擇性。為不同需要、能力、興趣、性向和特長的學生，提供多樣化的學習內容選擇，創設寬廣的學習空間。

二、文憑試評核大綱

1. 2012 年評核大綱

部分	內容	比重	評核形式	考試時間
公開考試	卷一　文學創作卷	22%	筆試	3 小時
	卷二　文學賞析	43%	筆試	3 小時
校本評核 *	必修部分： • 創作練習 • 課外閱讀	 9% 6%	（呈交 6 個分數） 創作練習 4 個分數； 閱讀報告 2 個分數	
	選修部分（三個單元）： • 日常學習表現 • 單元終結表現	 20%	每個單元呈交 2 個分數， 即日常學習表現及單元終結表現各 1 個分數	

* 校本評核分階段推行，2012-13 年，學校毋須呈交校本評核分數，公開考試佔全科成績 100%，卷一與卷二的佔分比重，分別為 34% 和 66%。從 2014 開始，學校須呈交校本評核分數，並佔全科成績 35%。

2. 評核大綱更新 (2014 年)

	內容	比重	時間
公開考試	卷一　文學創作	34%	2 小時
	卷二　文學賞析	66%	2 小時

考試時間由 3 小時改為 2 小時。校本評核延至 2019 年才推行，只保留創作練習。

本科 2019 年文憑試的評核設計，如下圖：

部分	內容	比重	評核形式	考試時間
公開考試	卷一　文學創作	25%	筆試	2 小時
	卷二　文學賞析	60%	筆試	2 小時
校本評核	創作練習	15%	呈交 3 個分數	

三、文憑試評核內容

1. 文學創作

- 評估學生的基本寫作能力，包括審題、構思、選材、組織和用字遣詞的能力。
- 評估學生的創意。
- 評估學生運用不同文體（詩歌、散文、小説或戲劇）寫作的能力。
- 以命題作文方式擬題，讓學生寫作，文體不限（但不可寫成詩歌）。

2. 文學賞析

- 評估學生對文學作品的理解、分析、欣賞及評論等能力。
- 結合課程「指定作品」及課外作品，就內容要點、全篇中心思想、文體特點、語言風格、寫作手法的分析、評論等重點擬題。

3. 創作練習

　　教師可就詩歌、散文、小説、戲劇四類文體，最少選擇兩類，讓學生進行創作練習（教師須配合香港考試及評核局的要求，繳交練習的成績）。

高中文學新課程出現的困境

在舊學制時，2003 年修訂的文學課程展示設計者的理想，為文學教育帶來新氣象，廣受文學教師的歡迎。然而，至 2009 年，新高中的中國文學課程，理念與精神不變，但新高中學制對整個課程的結構帶來極大的影響，中國文學只是二十個選修科目[4]之一，這個轉變，對中國文學科產生極大的衝擊，導致教師怨聲載道，學生的文憑試成績也不見理想。教學時數的不足、學生程度的參差，為文學教學帶來的已不是隱憂，而是「明憂」。以下先談新高中學制帶來的問題，以突顯當前面對的困難。

4　選修科目包括：「中國文學」、「英語文學」、「中國歷史」、「經濟」、「倫理與宗教」、「地理」、「歷史」、「旅遊與款待」、「生物」、「化學」、「物理」、「科學」、「企業、會計與財務概論」、「設計與應用科技」、「健康管理與社會關懷」、「家政」、「資訊及通訊科技」、「音樂」、「視覺藝術」和「體育」二十科。

1. 課程既深且廣，教學時間不足

中國文學約佔總課時 10%，而新課程的「指定作品」有 28 篇之多，還要結合「自選作品」施教，同時亦須指導學生創作，以及處理「選修單元」。大多教師指出，平日所有課時，全用於教授必修部分的指定作品，仍有不足之感，平日放學後亦需補課，教授選修單元，只能利用長假期補課。課餘、假期補課，已成為不少教師的常態生活，大大增加教師的教學負擔和工作壓力。

2. 文學基礎薄弱，學生難以適應

從中三升上中四（高中一），學生的文學基礎薄弱，對文學課程大感困難，加上一般學生的學習比較被動，教師需要花時間慢慢培養學生的能力，讓他們適應學習本科的模式，對於教學節奏亦有所影響。

3. 學生程度參差，教師束手無策

選修中國文學科的學生，差異極大，只有少部分對文學有濃厚興趣的學生，會積極投入本科的學習，他們的表現當

然理想，但大部分修讀本科的學生，多是學業成績欠佳、能力稍遜者，他們別無選擇，被迫修讀文學科。在這情況下，學生的基礎既薄弱，學習動機亦較低，面對要求甚高的課程，後果可想而知。如何照顧學生極大的學習差異，大多教師亦感到束手無策。

在公開考試方面，本科設兩卷：

1. 文學創作卷

在有限的考試時間內，下筆創作，從來不易。對文學創作有濃厚興趣的學生，會積極面對；但對大部分學生來說，得分已無把握，遑論取得較高分數。

2. 文學賞析卷

「文學賞析」卷，不單考「指定作品」，還兼及「課外作品」，無疑帶來一定的好處。一般學生能力有限，不易理解課外作品，對於作品的比較分析，更沒得分把握，事實上亦很難取得較高分數，挫折感逐漸累積。

公開考試難以取得良好，甚或優異的成績，是令學生對中國文學科望而卻步的關鍵因素，加上各大學中文系的入學資格，學生報考中國文學科與否，不是取錄的必須條件，更是雪上加霜，遂令報考中國文學科文憑試的考生數目，逐年下降。

結語

香港高中中國文學課程設計的出發點良好，要求學生多讀文學作品，又加入文學創作，為文學學習帶來了新氣象，無奈客觀環境未能配合，而新高中學制，學生必須修讀四個核心科目，除中、英、數外，還加上通識教育，在選修科目方面，學生只能選修二至三科，大部分學生多選取理科或較實用的科目，此亦無可厚非。縱使學生有意選讀中國文學科，家長亦未必同意。

不少中學，在 2009 年，開設中國文學科，學生選讀者，亦多達二十多人，甚至有絕少數學校，因選讀者眾，可開設兩班。時至今日，大部分的學校，只剩下個位人數選讀中國

文學科，學生退選情況嚴重，學校有見及此，索性不再開設中國文學科。

　　當然，在正規課程中，無論是中學或小學中國語文課程的學習內容，都包括閱讀、寫作、聆聽、說話、文學、中華文化、品德情意、思維和語文自學九個學習範疇，其中亦包含文學的學習。然而，大部分的小學，中國語文課程在全港性系統評估 (TSA) 的陰影下已異化，而中學的情況亦相若，面對文憑試，語文的工具性壓倒人文性，學生的文學素養日益淡薄。為應付文憑試，部分中學，在初中時已開始操練公開試的考卷，至高中，情況更為嚴重，大部分的課堂時間，都用作操練考卷。學生的人文素質得不到應有的重視，更遑論文學薰陶、審美情趣、情感教育的培養。

　　面對種種困境，實在令人感到無奈。中國文學淪為「夕陽」科目，已是意料中事。香港文學課程未來的走向，與高中學制和語文課程的發展息息相關。除了高中學制要作出相應的調整，還須在重視語文的人文性、改變評核方向等方面着手，更重要的是減輕語文及文學老師的工作量，如此，文學教育方能好好地發展下去。

禮失而求諸野，文學教育的推動，除了正規的教育，在課室以外，還有不少發展的空間。現時的香港社會，與數十年前相比，文學氣氛實在濃厚得多。例如香港文學節，2016 年已辦至第十一屆，主題為「我想文學」，其中有為學生而設的「字遊‧想像」創作展區，多間中學代表，集體創作文學展板，以青少年的視角，展示年輕一代對文學的看法。

　　香港書展自 2010 年起，至 2015 年，每年選出一位「年度作家」，表揚他們對香港文壇的貢獻。每年的書展，亦安排不少文學講座，莘莘學子與文學碰面、親炙作家的機會甚多。此外，文學創作比賽亦愈來愈多，例如青年文學獎、大學文學獎、文學雙年獎，還有特別為香港中學生而辦的「香港中學生文藝散文即席揮毫大賽」，2016 年是第二屆，有超過一百間學校參加，參賽學生的總人數接近 800 人。多間大專院校、民間機構，如香港中文大學文學香港文學研究中心、香港文學生活館等，都一直積極推廣文學，經常舉辦各種類型的文學活動，如文學散步、文學營、文學講座等。

香港出版的文學雜誌，數量亦不少，如《香港文學》、《城市文藝》、《字花》、《阡陌文學雙月刊》、《聲韻詩刊》等，甚至有專為中、小學生而辦的文藝月刊，供學生投稿，對文學教育，貢獻良多。其他如「小作家培訓計劃」，透過不同的活動，鼓勵中小學生多閱讀、多寫作，亦能提升學生的文學素養。

香港藝術發展局是香港藝術發展的法定機構，對文學藝術的策劃、推廣及支持，固然責無旁貸。慶幸的是 —— 社會上還有不少熱愛文學的有心人，以不同的身份，在不同的崗位上，透過不同的方法和途徑，為推動文學教育而努力。

2016 年 6 月

附　錄

指定作品篇目

（2015/16 學年中四實施，2018 年香港中學文憑考試生效。）

1	秦風・蒹葭	詩　經
2	九章・涉江	楚　辭
3	齊桓晉文之事章	孟　子
	（節選由「齊宣王問曰」至「王請度之」）	
4	庖丁解牛	莊　子
5	蘇秦約縱	戰國策
	（節選自《秦策》，由「說秦王書十上」至「蓋可以忽乎哉」）	
6	鴻門會	史　記
	（節選自《史記・項羽本紀》，由「沛公旦日從百餘騎來見項王」至「沛公至軍，立誅殺曹無傷」）	
7	戰城南	佚　名
8	短歌行	曹　操
9	歸去來辭（並序）	陶　潛

28　日出　　　　　　　　　　　　　　　　　　曹　禺

　　（節選第二幕，由「李石清自中門進」至
　　「把黃省三拖下去」）

見 2007 年《中國文學課程及評估指引（中四至中六）》(2015 年 11 月更新)，頁 65。

半透明的缺塊

麥樹堅

　　托馬斯（R.S. Thomas）的詩〈給年輕詩人〉（To a Young Poet）談創作年齡（實質是醞釀、浸淫），說二十歲的年輕人肉身健壯，在詩的世界裏卻是零；之後的十年莽撞亂寫、虛耗心機⋯⋯直至生理上四十歲，詩齡達二十年才真正遇上關口：

> *From forty on*
> *You learn from the sharp cuts and jags*

　　即使有「尖銳切口與鋸齒」的比喻，但詩的意旨還是再明顯不過，真正令我念念不忘的是托馬斯那種「過來人」的

語調，像嚴厲但親切的當面教導。我在 1998 年年尾開始寫詩，距今 18 年，正走向托馬斯預言的局面。偶爾四顧，同齡的寫作人又少了，但倒過來證明磨練使現役寫作人各具特徵。審視自己的文學履歷：參賽、獲獎、出書、做評審；當過流行書及教科書編輯，搞過文學雜誌；有長約兩年的寫作空白；做過兼職和全職的中學寫作班導師。近年為大學文學創作課程導師、文獎搞手、文學活動統籌，期間延伸出無數次的講座講者、學生文集及得獎作品集編輯等任務。這些經驗讓我對文學教育有好些想法，適逢 6 月初出席了香港中文大學中國語言及文學系主辦的「文學創作教學研討會」，聽過多位中港台三地文壇前輩、資深導師、雜誌編輯的分享，在此戰戰兢兢略談本地文學創作教育的情況和意見。

　　文學教育既指正規教育體制和系統中的文學創作或閱讀教育，也能指普遍的藝術教育中的文學教育（這又跟文學推廣有點差別）。拙文針對的是前者，特別對大專（大學和副學士課程均有創作科）文學創作教學的一點觀察，前提是創作導師有其存在的價值。如否定導師的存在意義，也幾乎排

除參與創作課程的必要[1]——然而讓年輕人多些選擇，個人認為可減少文學界的損失，留住更多可能。誠然，辦文學雜誌、主持寫作坊甚至做作家都絕不需要從大專創作課程出身，可以完全無「師」。但如果期望文學這個專業有穩定的新力軍，無論是幕後的編輯出版、活動行政、推廣等，抑或較前線的作家、課程導師，甚至只是培育一批具備鑑賞力、品味的大眾，文學創作課程和導師都有其存在意義。大學體制裏的文學創作教育值得探究、檢討有甚麼地方可以完善，使個性、能力、興趣不同的學生都找到學習的門路。

師徒制與純粹上課之間

我教了 10 年文學創作，其中六年在大學裏教本科生。教過的數百個學生中，至今仍持續寫作的幾個本身深愛文學，上課對他們來說是聊備一格，且看有甚麼意外驚喜（因

---

1   如陳映真認為文學創作不能教，必須自身領悟；亦有人認為創作教學是
     在可教的範圍裏發揮，不可教的依然由學生領會。就文學創作能不能
     教，詳參胡燕青：〈「文學創作」可以教嗎？——寫作教學並不難〉，《文
     學平民——談寫作教學與本地創作》（香港，啟思出版社，2006 年，頁
     2-6）。該文的觀點大概為：文學創作的教學目標為提升學生的欣賞能
     力、創作意欲和精進動能；文學練習的策略為練習、交流和識見。

此有學生寧願旁聽一個學期）。也有學生貪圖創作課程不設考試，上足堂、交足習作已及格，借個 B grade 放入成績表。這兩極之間的學生才是最可教的，他們多對文學創作有憧憬，有渴求。這羣學生受訓後，將來投身教育界、藝術界或出版界都必定是一股凌厲動力，故身為導師我頗留意他們的需要。對這羣學生來說，夢幻的師徒制與純粹上課之間還有不少受教的缺塊，這些機會並非「飛雲，機會嚟啦！」那麼樂觀、明晰，卻往往是時也、命也、運也。

除非私下拜師學藝，完完全全繞過學制；在大學的環境裏，師徒制建基於畢業和研究、論文之上。學生各出奇謀擠進心儀老師門下，理由不能盡錄，但至少有一個是要從老師身上學得最多[2]。學生呈交畢業作品前，穩定（或無限大）與指導老師見面，獲近身、直接指導，因材施教，得益不止於成品能順利通過評審取得學位，且師生關係也許能維繫終生。若收窄於文學創作的師徒制，則僅限於提供這條路的大學及特定學系，諸如中文系、華文文學系，對有志投身文學

2　我的創作課有學生來自人文及創作系（CPW），以一篇一萬字小說為畢業論文。得知指導老師是謝曉虹非常高興，而遞交小說後表示所學的遠遠多於一篇小說。

界別的地理系、生物系、歐洲研究系等非文學院學生而言，這是可望而不可即的受教機會。大抵不必闡釋論文下師徒制的實行方法，因為只要導師認為有助於學習就可以推行，這在大學體制裏是特別的——橫跨兩個學期的六個學分，不設教學評估，不似一般課程要監管導師表現，量度教學成果，檢討課程的成效。在此補充一點：中文系容許學生以小說、散文為畢業論文，可是僅於首兩年有學生申請，原因是中文系規定用文學創作為畢業論文的同學，必須另外撰寫一篇論文解釋原因。簡言之，透過畢業論文而得到文學創作的師徒制可謂絕無僅有，對不少有志於提升功力的學生來講是遙不可及。與上述師徒制無緣的學生，便在文學創作課程的教學評估裏義正詞嚴地寫：希望能與導師多溝通，有課外討論的機會。這種對 contact hour（面授課時）的需求，由我第一年進大學任教起已經聽到。

不如將創作科學生對 contact hour 的需求，名目上轉稱為另設的寫作輔導課吧，因為課程指引沒有規定創作課程必須有與學生見面的時數。課程賬面上的 42 小時落在 13 個教學週和期終考試上，課堂時間便是一切。其實大部分課程都不設 contact hour，由老師自行斟酌有無、多寡，但在學

生掌握教學評估這生殺大權的時代，師生關係難免出現計算。老師想於教學評估獲取高分，知道有甚麼不可以做（如點名計出席率、責備學生上課時睡覺、滑手機），甚麼應該盡量做（如提供貼士、評改時鬆手，提供 contact hour 也包括在內）。容我繞個圈子才說下去：香港教育大學的薪傳文社[3]由王良和博士出任顧問，文社每年有一個班底，唐睿作為第一代成員這樣說：

> 王（良和）老師引導我們寫作，啟發我們怎樣欣賞作品，帶我們參加坊間及其他文學團體的朗誦會，將我們引介給一些作家前輩，替我們將稿件投給文學作品發表，鼓勵我們參加文學比賽，帶我們去做文學散步等，這一切都是老師額外抽空，犧牲了自己的休息時間來為我們做的，亦成為我創作路上最重要的養分⋯⋯[4]

---

[3] 薪傳文社成立於 1999 年，以「薪火相傳」為喻，其目標為提高社員的文學水平，推廣文學賞析與創作風氣。透過邀請本地作家與社員交流，定期舉辦不同類型的文學活動，讓學生感受文學的美。

[4] 〈薪傳文社小記〉，《大頭菜文藝月刊》第九期（香港，風雅出版社），頁 23。

翻開薪傳文社《卷耳集》(2015) 的學生得獎名單，文社成員由 2001 年開始獲得創作比賽獎項，截至 2015 年共有 37 個獎，成績非常可觀。我有幸認識好幾位薪傳文社的成員，如唐睿、鄭政恆、曾淦賢、施偉諾等，他們異口同聲將自己文學的成長歸功於文社、文社精神支柱 (王老師)[5]。特別是葉修文和施偉諾都提到詩作得到王老師的精細評改，自信心雖一度受創可是脫胎換骨——這種量體裁衣的教導即使是創作課的學生也難以獲得。

在學院裏學文學創作，上課是基本形式，學生按課曆編排循序漸進上課，期間交功課、做報告……學生有總體提升，但學生各自的需要一直被忽略。薪傳文社正正示範如何在課程以外 (文社成員不一定上過王老師的創作課) 建立老師和學生小組的互動，成員從導師、學長和朋輩身上深化知識，將一般課程未能處理的創作問題解決掉。但各院校辦文社的空間不一，個人認為這是對主持人魄力和毅力的極大考驗。所以構思以輔導課補課堂不足 (我拒絕用「拔尖」

5　詳見《卷耳集》頁 116-122 的「感言」(香港，香港教育學院文學及文化學系，2015 年)。

和「補底」去形容輔導課的目標），帶有進可攻、退可守的自由。若說文學創作教育也是情感教育、品德陶塑，涉及哲學、生命、世界的反思，相信沒有人會大力反對（韓麗珠用「老師的溫度」去形容師生的傳遞，她的創作課注重「清空」學生的雜念，學習面對他人的目光，都可說是一種人生的影響），但過程中不能單顧及廣而整體的單向傳授，也適度要有深而局部的雙向互動。可是大學老師有多大能耐去幫這些學生？有人說，輔導是義務性質，老師做多少悉隨尊便，付出了不要拿光環；沒有提供寫作輔導的也不用自責，制度裏的這片空白不一定由誰去補缺。

學生很忙，老師很忙

教科書的著名惡搞塗鴉「李白很忙」[6] 創意無限，把「很忙」詮釋得天馬行空，創意盈盈又令人笑中有淚。整個城市各階層都被「很忙」籠罩，大家不停顧此失彼，教創意寫作和戲劇的唐睿說過：

6　網上曾有一股熱潮，收集、張貼學生在語文教科書對李白肖像的塗鴉，結果有把李白塗畫成籃球高手、鹹蛋超人、魔盜王、福爾摩斯、狙擊手、未來戰士、比卡超等等，由於形象太多，取名「李白很忙」。

入職之後，常遇到喜歡寫作的學生，他們大都在寫作路上單打獨鬥，好不寂寞。寫作需要同行者，我曾經，不止一次萌生組織文社的念頭，但每想到案頭的習作、未完的論文、待覆的郵件，還有家中的老少……就只好昧着良心，跟自己說，再等些日子吧，等習作都批改好（指日可待？）、等論文完成（總有盡時？）、等郵件盡覆（有可能吧？）、等老少平安（求主保守）……[7]

大學老師的忙並沒有客觀的量尺，我反而想從教學空間去說。台灣的大學課程每學期上課 16 週，香港是 13 週，若以每學期修讀 18 個學分（即 6 門課）去計算，香港學生每個學年少上 108 節課！如果，3 個教學週化為接見寫作課同學的時間，每人分配到 22 分鐘[8]。四捨五入當 20 分鐘好了，能談甚麼？聊勝於無吧，不要奢望能有一小時以上。難怪香港浸會大學語文中心榮譽作家胡燕青說：

7　《卷耳集》，頁 116。

8　計算方式：每節課 50 分鐘 ×3 週合共 9 節課 = 450 分鐘；我的寫作課名額 20 人。

學生的需要被邊緣化，老師和學生能夠交流的機會，比起我讀書的時代更少了[9]。

學生學得很趕忙，忙起來顧不得交流（或在課上交流好了，但課上的圍讀、討論會，老師以一對二十，顧得這一個，另外的在魂遊，在聊天）。將輔導置於課外，只要老師有空，慷慷慨慨每名學生給兩、三個小時又如何！不可能哪，當今的老師不管是小學、中學抑或大學都有數不清的教務，而每年的評估報告都要填得密密麻麻才算合格，所以要忙那些能填進報告的事，你懂的。

每學期都有學生冒險、主動突破老師的 AT 力場[10]，硬闖老師的非課堂時間。課程內容不能滿足他們，或已舉一反三至需要討論的地步，於是請求老師騰出空檔。盛情有時難卻，這樣一談少則十五分鐘，多則一個半小時，假如我還有課，或者剛剛完成一天的課，疲憊得沒有狀態可言就更

9　胡燕青：〈大學教育的天空好小 ── 談大學對老師的監管〉，《蝦子香》（香港，匯智出版，2012 年 9 月），頁 111。

10　動漫術語，指任何實體無法侵入的障壁力場，若非精密攻擊或暴走是無法穿過阻斷。

難用心指導。學生想取得的答案或意見，可能是即課內容的延伸，可能是個人創作疑難，更可以是談論課外作品，交換意見。例如我和某學生談課裏沒有的詩人和作品（課上講 Sylvia Plath 一首很普通的詩，課外談 Ted Hughes 的名作，趁機叫他借幾本外語詩集讀），他會提出好些不便在課裏提出的質疑（例如他完全反對某作家、某同學的意見，但課上不便提出，怕被圍攻，又怕老師難做），這些討論影響了他後來提交的功課；我又告訴他，你寫的詩像石頭，但你要讓它飛起。這句話是針對他而說的，他默默咀嚼然後有領悟。粗略估算，每學期我用於這種輔導、分享的時間不少於 10 小時。接受過上述指導的那批學生成績雖未名列前茅，卻是三個月內進步最神速的少數。我的創作班有 40 人，假如一半同學要求這種指導，大抵要用 100 小時了。當年胡燕青老師教新詩，同學每次遞交功課前都可預約她點評初稿，雖然每個小組只能談一小時，但積累時數相當可觀，是令同事掩面、汗顏的數字。

另外，大專的創作課導師也有兼職的，見學生的時間更少。有些兼職導師只能於星期六上午上課（這項安排不受學生歡迎），有些兼職導師遊走不同院校，為善用時間，不得

不密集式上課，來去匆匆。簡言之，除了課堂時間，兼職導師留在校內跟學生見面指導的時間不多，因此，我不時看到兼職導師課後狼狼地抱着書本站在走廊跟學生談話，那些學生知道，若放走老師，就下星期才能「兜口兜面」問問題（現在的學生都不太喜歡用電郵與老師聯絡，但老師會否公開自己的 whatsapp 就各持己見，在此不贅），事事隔一個禮拜才有答案就會冷卻衝勁。

大學老師被教學工作、行政工作及各式各樣的任務壓得喘不過氣，要在課堂以外抽時間照顧學生的需要，實在不能苛求。既然課程不能包含這種彈性大的指導，全因量化和評估是必須的。

憧憬@駐校作家

把課程無法收納的寫作輔導交予駐校作家吧，他們正正以制度以外的姿態登場。礙於篇幅，恕我三言兩語就歸納：駐校作家不常設，而且駐留時間不長，駐留期間要出席林林總總的活動。曾有駐校作家反映，工作行程被編得密密麻麻，寫作坊更以密集形式完成（每次三小時，四至六次不

等），師生都覺得累，而大家都嚮往的自由討論、分享不多。又，假如駐校的是非本地作家，往後的聯絡就易中斷，想遙距以電郵受教都難。

中學的情況我不太清楚，不敢斷言，但大學裏這道文學創作教育的空隙一直存在，未有多大的改善。通常導師應學生要求，課後抽些少時間說幾句，叫學生去找駐校作家求教，或自己看參考書、作品自行領會，或組成寫作小組……末了打打氣說聲加油啊不要放棄。帶點兒天生天養（負面就是自生自滅）的心態，令許多文學幼苗摧折枯萎，又或者必須經歷千辛萬苦才能成長，未出道就已筋疲力盡。假如老師願意抽空額外指導，實在很偉大，功德無量，但加速了老師的虛耗。

不求完美縫補，一蹴而就。如果能推出輕盈版的輔導課，既帶些微師徒制色彩，但又沒有寫論文那麼長的時間。每學期設一定名額，每名學生五至十小時，這些時數計在導師的工時裏。指導可設進階版，學生需修讀過某些寫作課才能申請，或必定要帶創作見面，讓輔導有一定基礎。形式可以很自由、靈活，去藝術館看畫展、探訪作家、跟其他媒體

的藝術家合作⋯⋯配對方面，導師可量力而為，不帶或帶一個學生也可；學生也可以選擇多長的指導時間。如果可以，這種輔導佔一個學分吧（一個學分換算為上課 13 小時）。

　　由具備寫作經驗的導師以「過來人」身份教導文學創作相對理想 —— 就像托馬斯告誡年輕詩人 "To sad manhood, knowing the smile / On her proud face is not for you"，真是當頭棒喝。大學裏的老師也將經驗薪火相傳，叫學生打好根基、修正航道，少走一點冤枉路。故由現役作家任教的寫作課需求甚殷，若能適度製造一個空間讓學生按自己的境況去提問學習（當然不是問一、兩條簡單問題那種），進步必定可期。然而這個空間向來是義務提供，好處是彈性、不受約束，但壞處是導師的付出不獲肯定 —— 孰好孰壞，難以評定。將它全盤體制化、嵌入現有機制之中，壓力必定陡增，失去自主權，因此建議一種迷你版的師徒制，減輕導師一點教學壓力，而學生又多一個選擇。最後強調這是可收可放的處理，即使偶爾有也比完全沒有好。畢竟教育不嫌多管齊下，哪種方法奏效就選哪一途，有些事情要靠運氣，但運氣以外就盡量人為補足。

也許有幾個喜歡文學的大學生聽了大量文學講座、研討會、朗誦會，上過好幾個老師的創作課、寫作坊，又慕名參加了駐校作家的活動……心中積存許多疑問，對發表、辦雜誌、參賽有很多不安，需要一個類似顧問、師長、過來人的傢伙提點一下。提點是輕鬆的，不一定執着於要學成甚麼，因為成長不能量化，誰知道那傢伙輕力一推，那個文學青年就悟道了，不日展翅飛翔。

結語

黃子平老師在第五屆香港文學節（2007年）的研討會上說：

> 近幾年和今後的幾年，香港的教育制度正在動蕩中改革和轉型。它將不僅僅影響大學和中學同工的職業前途，而且將影響一代人乃至幾代人的生活道路和人生前景。[11]

11　黃子平：〈學詩以言志〉，《害怕寫作》（香港，天地圖書，2005年9月），頁157。

今天是「今後的幾年」所指的時空，改革和轉型已操作了一段日子，教育制度的優劣好壞大家心裏有數。引黃老師這段話作結，旨在借用最後一句作延伸：若論大眾文學教育，或許年輕一代（及至以後幾代人）對文學的評價愈來愈低，文學對他們生活和人生的影響是沒有任何影響；若說培育業界人才，生活和人生所指的不單是未來有多少稱職作家，多少值得翻閱的原創作品，更加是有沒有文學這條樑柱協力撐起由文化薰陶出來的市民思維和品格，而這關乎社會的質素與力量。

　　　　　　　　　　　　　　　　　　　2016 年 7 月

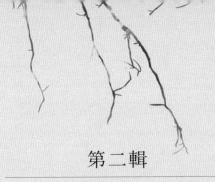

第二輯

粵語書寫可以成為
文學正典嗎？

用粵語寫作，是通俗？是本土認同？是
不規範難於立足華語世界，抑或充分表
現「港派」風格？胡適提倡的白話文運動，
不避俗話俗字也是八不之一，並沒有把
方言排除在文學之外。可是當香港文學
不時被撥歸中國文學來討論時，語言規
範與粵語書寫又彷彿彼此排拒和質疑。
粵語寫作會否成為香港文學正典化的障
礙？抑或是香港本土文學正典的風尚？
如何批判粵語書寫的文學價值，自是香
港文學評論人的一門必修課。

紙本「色慾」與網絡「甜故」

筆惑

　　由香港文學評論學會和商務印書館合辦的《香港文學別不同》系列講座之《消閒與慾望 —— 媒體興替與通俗書寫》邀請了《蘋果日報》前總編輯鄭明仁先生擔任主持，笑言兩位講者絕對有資格為各位聽眾細說香港文學中的通俗文學部分，因為二人皆是香港的傳奇人物：樹仁大學新聞及傳播學系副教授黃仲鳴本是報紙總編輯，退休後更取得博士學位，進入學術界；至於香港嶺南大學中文系助理教授陳雲在國外修讀民俗學，並撰寫了大量文章表達對香港新界的喜愛和鄉情，此外更運用互聯網發表了網絡小說和大量的政論文章，對新興的互聯網小說有深入的認識和研究。

網絡小說 VS 傳統古典文學

陳雲主要探討了互聯網小說與傳統通俗小說的相似性和文學在互聯網上發展的可能，並以向西村上春樹的《一路向西》作為例子。陳雲認為從作者筆名再到作品均具通俗性，向西村上春樹這名字明顯是戲仿日本名作家村上春樹，而《一路向西》這本書的發售點與其他的文學作品有很大分別，這本書最初並不是以書店作主要銷售點，反而是主要在旺角的書報攤發售。這亦是一個有趣的文化現象，這部作品除了在虛擬的網絡世界受歡迎外亦能深入真實的社會，它在網絡世界先興起，實際上運用了不少傳統古典色情文學的筆法，而在內容上卻是現代生活的寫照。

故事主要是以一年青人北上嫖妓的經歷，並從中反映中港關係為主軸；陳雲認為作者亦擅長捕捉生活細節，如在小說中使用第一身經驗，描寫某些情節，如小巴上或下車時一些乘客的動靜、他們的眼神等皆非常深刻細膩，如非有實際的生活體驗是無法寫出；至於在內容上雖是以嫖妓為重點，但當中的內涵可能只是作者資料搜集後加以整理再行創作。

陳雲認為網絡文學的形式與中國古典小說有不少相似性，如在《一路向西》當中有不少性愛的場面，但當中所使用的文字卻是運用了古典文學的筆法，用優雅的象徵或隱喻暗示交歡的過程，這在古典的通俗小説十分常見，如《紅樓夢》、《金瓶梅》等，而在一般的情節交代則沿用顯淺易明的白話。

　　網絡文學另一個特點是作家與讀者的互動關係，不少網絡文學的作家會在網上收集讀者的意見後，再作參考或進行修改，讀者某程度上參與其中。在古典通俗小説亦常見：古典通俗小説不少源自話本，如《三國演義》、《水滸傳》等，因為説書人要把故事説得吸引，必須先了解觀眾的口味，並把觀眾認為有趣的部分加入故事中，他們遊走於各大省市，把意見收集後再加以整理，慢慢把話本建構起來，而不少作家便把他們整理再創作形成小説，這與現代互聯網文學有些相似。對於互聯網文學，陳雲認為不少網絡小説在網上發表後，幾乎沒有甚麼修改便出版，這在文學創作中形成了一種限制，因為不論中外小説皆有修改過程，這樣才會出現優秀的文學作品，但觀乎現在的網絡小説，這個修改的過程不太受到重視，這是很可惜的；此外，網絡文學壽命很短，這亦

與香港閱讀羣較少有關，有些網絡小說可能只是一個熱潮或話題，但當熱潮退去後亦隨之消失，因此網絡作家難以從中成長或培育，但寫作是需要鍛鍊和培養，在這種風氣下，香港較難出現優秀的網絡文學作家。

以色警世 VS 食色性也

黃仲鳴以紙媒的角度入手探討香港情色通俗文學的流變。在千禧年大行其道的互聯網與以報刊為主的通俗文學確實是有着不同的面貌，正如 Marshall McLuhan 提出的："The medium is the message"，不同的媒介自有其不同的內涵。對於「色情」或「情色」，有論者認為「情色」是傾向心靈層面上較多，但黃仲鳴卻認為殊途同歸，二者其實分別不大；在香港有四位作家可稱為「情色小說四大家」，但他們路向不同，分別是：侯曜、林瀋、高雄和夏飛。首先是侯曜，他是導演、編劇，同時亦是作家，他在 1933 年來到香港，並開始在《循環晚報》連載長篇「借殼小說」《摩登西遊記》，侯曜認為他所寫的並不是「情色小說」而是「哲理小說」，當中的不少色慾描寫是為了帶出哲理，如在《摩登西遊記》之始假借豬八戒勇闖七層色慾塔，每層所發生的皆是荒淫交

歡之事，豬八戒由色魂大仙變為色魔，最終克服七層色慾塔成為悟色菩薩，從中可見當中的文字或情節皆可說甚為「露骨」；但侯曜認為這些的色慾描寫或主題全是象徵，以色魔象徵性慾是人類最可怕的慾望，因此人類應要清心，免被色慾所害。

第二個是林瀋，他活躍於二戰前到戰後，擅長寫香艷奇情的情色故事，故事中往往充滿古典意境，當中的情慾場面相對較含蓄，另外他的作品多是報紙上的「一日完」短篇故事為主，當中的取材亦很生活化和配合時代，給讀者一種親切的感覺，如〈書聲破夢迷〉。第三個是高雄，高雄是戰後香港非常有名的作家，最著名的必然是他的「三及第」文章和怪論，但他其實寫過不少情色通俗文學，這些作品早期主要是在《新生晚報‧晚晚新》上發表，署名小生姓高，後期的主要是在《明報》上發表。這些作品主要是「一日完」的短篇，以淺白文言書寫，而內容亦風趣幽默，可說是樂而不淫，最重要的是每篇故事內容從不重複。林瀋與高雄的情色小說可說是不脫中國傳統文人格局，諷世自娛居多，類似《笑林廣記》，與侯曜的有所寄寓又有所不同。最後一個是夏飛，但他有幾分神秘色彩，與之前三名作家是有所不

同。他活躍於七、八十年代，但身份成迷，即使是出版界也不知他是誰，而幫助夏飛出版作品的出版社亦是子虛烏有；黃仲鳴稱他為「午夜作家」，因為他的書是以書報攤為主要銷售點，而書報攤在午夜便有新一天的報紙，而夏飛的作品亦於此時在書報攤出現。黃仲鳴翻查夏飛各部著作，從文本的內在邏輯發現當中的筆法各有不同，因此估計「夏飛」很大機會是多人共用的筆名。夏飛的情色小說最大特色是「色」與「食」，把食物與色結合，但這絕非其所獨創，早在中國明清艷情小說已有，即用食物比喻女性胴體或性愛，當中以《夜夜換新巢》一書發揮得最為淋漓盡致，而這種「色」與「食」的結合亦影響着香港的通俗流行文化。夏飛的情色小說當中的情慾描寫可說是「無所顧忌」，而在內容題材上在當時來說非常大膽創新，但他寫來目的只是「純粹出版」，即以色情為題材增加銷量而已。

通俗猥褻 VS 情色文學

在開放討論時，大眾十分踴躍，有讀者問何以現在的報刊缺乏「情色小說」。主持和兩位講者皆認為是時代改變，有很多可以取代的東西出現，如到了九十年代，出現了一些文字與圖片結合的色情雜誌，大大滿足了讀者對這方面的慾望，因此報紙上的「情色小說」亦慢慢消失。而又有聽眾認為「情色文學」在香港確有其重要性，他以「過來人」的身份指出當時社會上對性教育相對保守，基本上在學校很難學到性知識，而這些「情色文學」正好填補了這方面的不足。文壇前輩柯振中當年曾編《文學報》以色情文學為專題惹起爭議。他發言回應「情色」是人類最原始慾望之一，在文學創作上不應過於壓抑和刻意迴避，但亦不宜過於渲染，而我們應直視它。最後發言的是前輩作家盧文敏，他同是鑪峰雅集成員，亦是主持鄭明仁的中學老師。他指出文學應具備藝術性，不應與「情色」混為一談，而這些「情色」通俗小說如夏飛等作品，不過是猥褻文字，不配與文學比齊。文學描寫性愛場面應具獨創性和文學技巧。對於「情色」與「猥褻」在文學中的討論，早在三十年代周作人已指出猥褻文字是「只有這一種描寫普通性交的文字……除藝術家特別

安排外，也並無這種必要」，因此猥褻文字只是挑動讀者的慾望，對於這類討論已非能在是次講座可以簡單解決。每個媒體皆有其需求，在報刊連載或互聯網上載的通俗文學主要以消閒為主，滿足大眾在真實生活上無法實現的慾望，至於用甚麼心態閱讀，是「情色」？是「猥褻」？是傳統？是媚俗？相信仍然要交給廣大的讀者定奪了。

作文唔畀用廣東話㗎
——談香港文學中的粵語

翟彥君

　　莘莘學子為了一場公開試，把海量的深字記下來，又深怕自己所寫的接近口語，按補習名師所教的去創作，只為取悅考官。畢竟是考場求售，也是要遵守遊戲規則的，但沒有人告訴他們粵語也可以去品味的，以致他們長大要做偽文青、去拋書包的時候，只會引一些生澀的字句，甚至有些專頁抽水——文青寫嘢要深同加好多逗號。何時作「文」出現了這些刻板印象呢？粵語係可以用作創作嘅，「咁唔係好爽咩？」爽呀！這句是出自一首新詩。「新詩」乍聽很文青，怎會用口語呀？不用懷疑，「咁唔係好爽咩？」是飲江的《陌生人是天使》中收尾的一句：

努力成為智者使得

與你

相遇

的人

(比如我)

或佢

得以

成為

智者又相與

成為智者

咁唔係好爽咩 [1]

　　智者可以一起「圍威喂」的確是爽，飲江的詩喜用粵
語收結，結尾用粵語有種衝突感。《二次降臨之沙上寫字》
同樣用粵語收結：「除非假冒為我 / 羞愧難當 / 羞愧難眠 /
（Call Now Yeah！）/ 反得赦免 / 你喺沙上寫字」[2]。讀着他的

1　　飲江：《於是搬石你沿街看節日的燈飾》（香港，文化工房，2010 年），
　　　頁 250-251。

2　　飲江：《二次降臨之沙上寫字》，《字花》（香港，水煮魚文化，2014 年，
　　　49 期），頁 26-28。

詩，實在得意，Call Now Yeah 大玩食字（可怒也），這首詩初看語言市井，其實是講耶穌二次降臨之事，用不同的象徵去探討宗教，最後一句「你喺沙上寫字」，反倒變成一句迴音，與上幾句形成落差，增加了詩的張力。飲江雖然用粵語入詩，但絲毫沒有影響他詩中的哲學性，反而添幾分魅力，當中有一首我特別喜歡：

「有冇咁大隻蛤乸隨街跳呀」

有，上帝說

天堂有

街上都有

天堂冇

街上都有

啊，信主的人說

明白了

我哋就係咁大隻蛤乸

不信主的人說

我哋也明白了

我哋就係隨街跳

　　　──《聞教宗説不信主的人可以上天堂之隨
　　　街跳》（節錄）[3]

　　通曉粵語的人無人不曉「有冇咁大隻蛤乸隨街跳呀」這
句俗語，詩人用「蛤乸隨街跳」反映出宗教中宣揚上天堂的
現象，讓讀者反思是否「信主的人」就可以上天堂，不信主
的人又是否注定失去天堂入場券，只可以隨街跳？原來，粵
語可以大玩象徵。有次我因緣際會，能夠旁觀別人訪問飲
江[4]，我失禮且膽粗粗問他：點解係呢度一定要加返句粵語？
他答我因為順口，因為個腦入面彈左果句出黎。粵語是本土
語言，固然順口；「腦入面彈左果句出黎」，指的是該句有
特別意思，又或是能反映作家當刻情感，所以無法用書面語
取代。香港也有敢用粵語的文學作家，就如王良和，王良和
在〈和你一起走過華富邨的日子〉用了粵語，令整篇小説本

3　　飲江：〈世紀・詩言志：聞教宗説不信主的人可以上天堂之隨街跳〉，
　　　香港，明報，2014 年 12 月 27 日。

4　　這是有關於李婉薇博士所籌劃的「香港作家談粵語」訪問計劃上的
　　　談話。

土又貼地，又很有味道。文中的「穿珠仔」、「剝光豬」、「響朵」強行翻譯作書面語定然會失色許多，用這種本土化語言更能突顯香港精神和集體回憶，令篇文章有了屬於它的靈魂，感情也因本土語言而共享了。在小說中，未必個個對白都用粵語寫，但阿發的對白九成九用粵語，這也有助塑造人物角色性格，阿發份人就較為粗俗了。

王良和在〈九塊九〉中也用粵語，有一個描寫是這樣的：「賓客正要取照相機，他立即耍手擰頭」[5]，「耍手擰頭」很生動很形象化，用其他語言也未必能精準地把「照相」的尷尬寫出來。

粵語咁好，點解你又唔成篇用粵語寫？

在回答這個問題前，我先講出一個奇怪的地方，飲江用粵語寫詩但也有一兩句是書面語；王良和的人物對白時而用粵語時而不用；高旅《補鞋匠傳奇》文字生活化但也只是偶用粵語——他們都不是全部用粵語的。書面語是另一種語

5　　王良和：〈九塊九〉，《魚話》（香港，匯智出版，2008 年），頁 8-15。

作文唔畀用廣東話喎——談香港文學中的粵語　　69

言，也就是我們說的中文，有實用性的作用，非口語可完全取締，然而，許多人以為文學局限於書面語，粵語則市井低俗。王良和曾與關夢南對談，說「任何語言都可以入詩，香港詩歌留給別人的遺產，不應該只是文字的『潔本』……用得好，粵語能增加文學性」[6]。就如飲江用粵語令詩句間產生空間和對照，粵語能在文學上綻放自己的色彩。粵語的味道是值得被繼承的。香港人常說要保留粵語，到頭來似乎空談，因為正視它的人並不多，中小學生提及粵語反應離不開「作文唔畀用廣東話嘅」，何時普通話與書面語畫上等號了？教他們正確的觀念和培養文學的興趣比追求分數來得重要。賈平凹的《秦腔》用許多土語、方言，鄉土氣息濃厚，地域性很強，望着大陸的《秦腔》被大眾所接受，我渴望着不久的將來，香港也能出產如《秦腔》一樣，用本土語言且高質的文學作品，與此同時，我也希望更多人懂得品味香港作家的粵語創作。我盼着這天的到來。

6　王良和：〈四十年的信念：生活化、口語化 —— 與關夢南談他的詩〉，《打開詩窗》（香港：匯智出版，2008年），頁114-116。

後記

　　本人對粵語作品有所鍾愛，亦喜歡讀飲江先生的詩。李婉薇博士曾籌辦「香港作家談粵語」訪問計劃，計劃中同學們訪問飲江先生，本人有幸當時得到機會旁聽，讓自己能更了解飲江先生的作品。於此對每位為香港文學努力的人，表示敬佩與感激。

從陳冠中〈金都茶餐廳〉及
黃碧雲《烈佬傳》論 2000 年後
香港文學中的粵語書寫

王嘉儀

引言

粵語書寫都是香港文學的重要類型，例如五十年代的「三及第」文體，香港作家有意識地使用粵語進行創作。考察 2000 年後香港文學中的粵語書寫，陳冠中〈金都茶餐廳〉和黃碧雲《烈佬傳》都具代表性，呈現粵語書寫的兩種不同面貌。〈金都茶餐廳〉和《烈佬傳》雖同為粵語書寫的作品，但兩部小說其實是有分別的。〈金都茶餐廳〉以粵語行文，整篇小說皆以粵語寫成；《烈佬傳》以粵語入文，書寫人物對白時使用粵語及於文中加入粵語詞彙。此外，從小說敍

事的角度分析，這兩部小說的粵語運用，與小說敘事有緊密的關係，構成獨特的小說敘事美學。針對上述兩個問題，下文將作仔細分析。

以粵語行文：陳冠中〈金都茶餐廳〉

〈金都茶餐廳〉是陳冠中小說集《香港三部曲》中的第三部，寫於 2003 年，小說以內心獨白的方式寫出「我」在金都茶餐廳的所思所想。故事發生於「沙士」之後的多事之秋，敘事者「我」是一個中英混血的「鹹蝦燦」，因生活拮据來到金都茶餐廳。後來茶餐廳面臨倒閉危機，一班「金都中人」包括「我」展開救亡行動，商討如何拯救金都。小說以粵語行文，即以粵語寫成，不論是詞彙、語法還是語言習慣皆以粵語為標準，而非白話文。

由於小說的敘事者「我」是一個地道的粵語使用者，自言：「廣東話，識聽又識講，不知幾流利，中文就盲字唔識個。」（頁 209）[1] 因此小說以粵語寫成正貼合敘事者的身份及

1　小說〈金都茶餐廳〉引文皆出自陳冠中：《香港三部曲（增訂版）》（香港：牛津大學出版社，2013 年），頁 204-221。

小說的語境。所謂港式粵語，口語包括港腔廣府方言，新的俚語流行語，以及夾在粵語句法裏的英語單詞斷句[2]。小說通篇以粵語寫成，當中可見不少粵語的特色。

1. 中英夾雜

由於香港早於清末已為英國的殖民地，西方文化在香港流傳已久，與中國傳統文化相互交融，形成一種糅合文化，難以再將兩者割裂，當中的文化內涵早已植根於香港，成為了香港的特色，這情況亦表現於粵語的使用中。

香港人習慣在對話中加入英語，〈金都茶餐廳〉中的「我」也經常在說話中加入英語，如「我叫阿杜做 Ado，心個句係 Much Ado，皆因 Ado 成日走來走去，坐唔定，好似好緊湊，其實都係伙記接住做。」（頁 205）表現了港人喜歡以英文名字稱呼他人的習慣；粵語的使用習慣亦表現於將句子中的某些成份轉換成英語，如名詞：「讀完 O Level」、「唱 K」；動

2　陳冠中：〈九十分鐘香港社會文化史〉；陳冠中：《中國天朝主義與香港》（香港：牛津大學出版社，2012 年），頁 169。

詞：「識 Do」、「冇得 Do」，亦會將粵語副詞「唔」放在英文中間以表示疑問如「Can 唔 Can Do？」、「Do 唔 Do 先？」。

2. 粵語詞彙的使用

小說中出現了不少粵語詞彙，單字如：「係」即現代漢語的「是」、「似」即「像」、「冇」即「沒有」、「畀」即「給」；名詞如「啹喀兵」，指駐港英軍中的尼泊爾籍士兵；形容詞如「心掛掛」，指老是想着，心中牽掛[3]、「垃垃雜雜」，指東西混在一起，很凌亂，很零碎[4]、「七國咁亂」，指亂得一塌糊塗[5]等。粵語詞彙是構成粵語書寫主要的部分，由於這些詞彙大多不見於現代漢語，是粵語書寫最明顯的特徵。

3　陳小雄編：《地道廣州話用語》（廣州：羊城晚報出版社，2005 年），頁 156。

4　同上註，頁 212。

5　同上註，頁 168。

3. 俗語俚語的使用

另外，小說中亦有不少港式粵語的俗語。如「食幾多、著幾多」、「有恁耐風流、有恁耐折墮」、「口水多過茶」等，而小說結尾也是用一堆耳熟能詳的俗語堆砌而成的：

剩雞碎吊命錢，賭黃毛一鋪，入金都做小股東，見步行步，摸着石頭過河，死馬當活馬醫，盲拳打死老師傅，天無絕人之路，船到橋頭自然直，男兒當自強，姊姊妹妹站起來，獅子山下，英雄本色，最佳拍檔，半斤八兩，東方不敗，風繼續吹，未可真係鹹魚翻生？（頁221）

作者以此表現了「我」的志忑不安，「我」用一堆熟語說服自己，給自己信心，看起來饒有趣味。而這些熟語經過長時間的流傳和使用，早已成為香港人生活的一部分，因此亦可視為「我」擁有港人意識的一個表現。這些熟語大致可分為兩個部分，第一部分是「見步行步，摸着石頭過河，死馬當活馬醫，盲拳打死老師傅，天無絕人之路，船到橋頭自然直」及最後一句的「鹹魚翻生」，第二部分是「男兒當自強，姊姊妹妹站起來，獅子山下，英雄本色，最佳拍檔，半斤八

兩，東方不敗，風繼續吹」。

第一部分是常見的粵語俗語，有層層推進的自我安慰成分。「見步行步」、「摸着石頭過河」帶有不要憂慮太多，儘管前行的意思；「死馬當活馬醫」、「盲拳打死老師傅」帶有破斧沉舟去面對困難的意思；而「天無絕人之路」、「船到橋頭自然直」則對將來抱有希望；最後的「鹹魚翻生」作總結，肯定能排除萬難，否極泰來。第二部分並非俗語，全是出現在大眾流行文化的名詞。「姊姊妹妹站起來」是亞洲電視的一個節目；「東方不敗」是金庸小說《笑傲江湖》中的一個角色；「男兒當自強」、「獅子山下」、「半斤八兩」、「風繼續吹」是流行金曲；「英雄本色」、「最佳拍檔」則是香港電影片名，它們代表了八、九十年代香港的流行文化，是港人的集體回憶。

也斯評論〈金都茶餐廳〉的結尾時言：

　　小說結束於陳冠中的個人主義小市民踱出店門，左思右想：應該追隨個人私慾，跑上上海追女友？還是入股金都，摸着石頭過河，絕處求生？到底 Do 唔 Do 先？

小說的通俗俚語、寫來左右逢源，充滿自嘲的距離與幽默，減低了這類香港寓言題材的高竇和傷感。[6]

作者在第一部分的俗語中加入一些常見於大眾流行文化的名詞，像是「我」在混亂之中的胡言亂語，增添了幾分荒誕和幽默的味道。

除了上述的一些粵語特色外，小說亦展現了粵語很強的語音性。由於粵語語法與規範的現代漢語有很大的分別，而且具有很強的語音特色，因此讀者需要逐字去讀才能理解文意。例如：「Ado 好鋤弟，經常無故大叫三聲：發錢寒、發錢寒、發錢寒呀！」（頁 205）當中的「好鋤弟」是指「喜歡玩撲克牌」，「好」作形容詞用時，粵音念作 hou2（hǎo），但這裏作動詞用，念作 hou3（hào）；「弟」，粵音本讀作dai6，但這裏是指撲克牌中的 2，讀作 di2。又如「散會，秦老爺提議去唱 K，黃毛大華舉腳贊成，個個想扣露比。」（頁 216）中的「扣」，本讀作 kau3，但在這裏讀作 kau1，

6　也斯：〈陳冠中寫小說〉，陳冠中：《香港三部曲（增訂版）》（香港：牛津大學出版社，2013 年），頁 xxxi。

俗寫作「溝」。粵語中稱男生追求女生作「溝女」，「溝」有負面的意思，類似普通話的「勾搭妹子」。

　　小說中有部分用語有別於粵語的使用習慣，或會造成閱讀困難。如小說中有不少詞彙用回現代漢語的寫法，如「老爸」，粵語應寫作「老豆」；「拐個彎」，應作「掟個彎」或「轉個彎」；「高球場」，應作「哥爾夫球場」等。這些詞彙的寫法都與粵語的慣常用語有出入，粵語使用者在閱讀時或會感到突兀。又有部分字詞用了異體字，如「唔」、「恁」，與俗寫的「唔」、「咁」不同，需要依靠上文下理才能理解字義。此外，文中亦使用了澳門粵語的詞彙，如「鹹蝦燦」。「鹹蝦燦」是澳門人對土生葡人帶嘲諷性的稱呼[7]，以此取笑外國人不中不西，即港式粵語中的「半唐番」，對於香港人來說，這個稱呼較為陌生，香港的粵語使用者或會不明白箇中意思。

7　「鹹蝦燦這說法起源有兩說，一是指土生葡人愛將鹹蝦醬塗到「薄撐」上，故被華人取笑其不中不西，戲名『鹹蝦撐』；另一說法，則是說此名乃源於土生葡人愛吃的鹹蝦葉。」參閱蕭家怡：《戀殖世紀 —— 港澳殖民印記》（香港：上書局，2013 年），頁 37。

綜合而言，〈金都茶餐廳〉就如陳冠中所言，是一個粵語書寫的「實驗」。以粵語書寫當然有其好處，然而一些技術上的問題仍需要解決。由於粵語書寫並沒有一套用字的系統，異體字會窒礙溝通，有時作者刻意使用本字或生僻字去表音，而捨用俗字，會使讀者不明所以，所以粵語書寫的系統是需要整理的。除此之外，雖說〈金都茶餐廳〉通篇使用粵語，但某些語句其實未完全依照粵語的使用習慣去寫，亦會造成閱讀上的困難。

以粵語入文：黃碧雲《烈佬傳》[8]

《烈佬傳》，原名《此處那處彼處》，是黃碧雲於 2012 年出版的長篇小說，小說分為三章：此處、那處、彼處，以空間寫時間與命運[9]。小說主角周未難是一個經常出入監獄的吸毒和販毒者，故事以回憶的結構敍述周未難六十年的黑暗人生。和〈金都茶餐廳〉一樣，敍事者同樣是文中主

8　關於《烈佬傳》小說話語的分析，可參考吳美筠：〈為失語人建構另類華文書寫〉，載於《第五屆紅樓夢獎評論集黃碧雲〈烈佬傳〉》（香港：天地圖書，2016 年），頁 50-61。

9　見黃碧雲：《烈佬傳》封底。

角「我」，然而《烈佬傳》並沒有採用粵語行文的形式書寫，就如作者自言：「我用廣東話，半文不白，口語加監房述語。」[10]，以粵語入文。

1. 文白夾雜

《烈佬傳》受文學語言的規範，小說中雖加入了粵語元素，但行文仍按書面語的書寫模式。如：

> 羅米度衰了，給告偷竊，一個賭仔扔了張飛，羅米度去執，賭仔要拾回，突然發覺自己張票中了，羅米度說，你不要的，我才執，賭仔說，我跌下的，你偷我，兩個吵了起來，報了警。羅米度上庭不認，自己搵來衰，認八個月，不認十二個月。（頁78）[11]

10　袁兆昌：〈黃碧雲：「言語無用沉默可傷」紅樓夢獎得獎感言〉，《明報世紀版》（2014年7月22日）。

11　小說《烈佬傳》引文皆出自黃碧雲：《烈佬傳》（香港：天地圖書，2012年）。

當中的粵語元素只有「衰」（裁了）、「賭仔」（賭徒）、「飛」（票）、「執」（撿）、「搵來衰」（自作孽）。其中某些句子還是用回書面語的寫法，如「給告偷竊」，粵語應作「畀人告偷竊」；「扔了張飛」，應作「捒 dam2 咗張飛」。可見《烈佬傳》中的粵語書寫只限於詞彙的轉換，小說中句子的語法還是根據現代漢語的規範。

作者刻意地將某些句子以全粵語書寫，但仍非粵語口語的真實呈現。如「做乜你同他打架，要我保埋佢？」寫作粵語應為「做乜你同佢打交，要我保埋佢？」當中的「他」和「打架」都屬現代漢語成分；又如「打爛啲客的車的車頭玻璃」粵語書寫應為「打爛啲客架車嘅車頭玻璃」可見即使是整句口語，其中仍夾雜現代漢語的成份。

2. 監房術語

由於故事敍述周未難數十年的監獄生涯，因此小說中有不少監房術語，而這些術語如實地表現了一些粵語的慣用語的使用狀況。當中包括「出冊」，即出獄；「大狀」，大律師；「差人」，警察；「孖葉」，手銬；「老福」，指監房的福利官，

負責犯人福利事宜[12];「老感」，感化官，青少年罪犯要見感化官接受評估[13];「老笠」，打劫;「打荷」，偷錢;「搣甩」，即戒毒;「標參」，綁架等。這些監房述語亦見於今日的報章雜誌，是香港粵語中的常用詞彙，這些歷時性的用語，在文學中的以文字形式出現，也可視作粵語的一種紀錄。

《烈佬傳》屬長篇小說，當中有不少關於香港社會文化的情節描寫。如周未難年輕時加入黑社會，經歷了所謂「燒黃紙」[14]的入會儀式，這一段的描寫文白夾雜，當中亦有文言，頗有「三及第」[15]文體的味道，例如以下例子：

12　黃碧雲：《烈佬傳》(台北：大田出版，2012年)，頁18。

13　同上註，頁26。

14　燒黃紙是一度在香港流行的一種民間發毒誓的形式。參閱王志艷主編：《錯失的文明走進港澳台文明》(哈爾濱：黑龍江人民出版社，2006年)，頁53。

15　「三及第」形式，即粵語、文言文、白話文夾雜的書寫模式，以三蘇的小說《經紀日記》為代表作，為粵語書寫的一種模式，常見於40年代之前。

那個秋哥，叫，傳新人，其實我們都在房間裏面，使乜傳，果然是做戲。

還有一個，阿牛後來說是紅棍，叫灰哥，黑黑實實，頭髮長長，用刀背拍我三個背脊，點了香，燒了蠟燭，叫我們拜教主。這時秋哥開口唱詩，他唱一句，「義板橋頭過孟君，左銅右鐵不差分，朱家設下洪家過，不過此橋是外人」，我們唱一句。又叫我們發洪門三十六誓「自入洪門之後，爾之父母即我之父母，爾之兄弟姊妹即我之兄弟姐妹，爾妻我之嫂，爾子我之姪，如有違背，五雷誅滅」「兄弟貨物，不得強買爭奪，如有恃強欺弱者，死在萬刀之下」「立誓傳來有奸忠，四海兄弟一般同，忠心義氣公侯位，奸臣反骨刀下終」。最得人驚是大刀斬雞頭，公雞沒頭，身還在跳，血滴在酒杯，灰哥又燒黃紙，刺我們指頭，滴血入聖杯，一人喝一口，又腥又苦。

我頭暈身熱，幸好飲完血就做完。

大佬叫我們脫下白袍，說，以後大家是兄弟，你們不要成天在酒吧睡覺打啤牌，要出去賣嘢，原來賣那啲「嘢」，是白粉。（頁 13-14）

　　這段文字交代了從前香港社會的黑幫入會儀式的語言，香港社會保留了很多流傳已久的風俗習慣，見於婚嫁、喪事、祭祀，當中的祝禱詞仍保有文言成分，《烈佬傳》亦展視了這方面的社會面貌。在入會儀式中，參加者需跟隨主持頌念詩歌和以文白夾雜寫成的誓詞，深刻地呈現香港社會底層的生活面貌。

　　值得一提，由台灣出版社出版的《烈佬傳》[16] 與香港版本 [17] 有一明顯分別，可作為粵語書寫的參考。台灣版本會在正文下的空白處加上編輯和作者的說明，而香港版本則沒有。由於台灣版本的受眾是台灣人，多為非粵語使用者，加上了編輯說明，就能幫助讀者理解文意，可見粵語書寫並非只有粵語使用者才能欣賞，也有推而廣之的辦法，不一定是沒有出路的。

<hr>

16　黃碧雲：《烈佬傳》（台北：大田出版，2012 年）。
17　黃碧雲：《烈佬傳》（香港：天地圖書，2012 年）。

粵語書寫與小說敘事的緊密結合

〈金都茶餐廳〉及《烈佬傳》這兩篇小說的主角，皆屬香港社會底層的小人物，粵語是他們的生活語言，小說中的粵語書寫正好與小說的敘事方針互相配合。〈金都茶餐廳〉中的主角「我」雖是一個「半唐番」，但因自小在香港成長，因此說得一口流利的廣東話。「我」因失業去到金都茶餐廳，茶餐廳作為一個平民的飲食空間，充斥着粵語也是自然不過的。《烈佬傳》的主角周未難是一個沒怎麼念過書，自小加入黑社會的老人。他從上海來到香港，在香港生活了數十年，粵語早已成為他的母語。而周未難身處的空間（監獄、黑社會的生活環境）亦是以粵語作為主要溝通語言的。吳美筠認為《烈佬傳》中的粵語書寫與其他方言及書面語的雜糅，是作者用來建構一種失語者的語言以表現主角的身份[18]，可見小說中的粵語書寫配合小說敘事，使人物的塑造更加立體，更加生動傳神，亦反映了香港社會的真實面貌。

18　吳美筠：〈為失語人建構另類華文書寫〉，載於《第五屆紅樓夢獎評論集黃碧雲〈烈佬傳〉》（香港：天地圖書，2016 年），頁 54。

〈金都茶餐廳〉及《烈佬傳》雖然都是以第一人稱敍事，以「我」作為敍述者，但兩篇小說的敍事模式其實有很大分別，使兩篇小說呈現不同的風貌。〈金都茶餐廳〉使用第一人稱敍事，直接由「我」來說故事。小說由「我」的視點出發，講述金都茶餐廳以及當中的人與事。由於小說通篇都是「我」的說話，因此作者使用純粹的粵語口語來書寫，真實地表現一個香港社會底層升斗市民的所思所感。

《烈佬傳》雖然也是以第一人稱敍事，然而小說中的「我」未必全是主角周未難，更多是作者自己。黃碧雲在訪問中表示：「《烈佬傳》我決定用第一人稱，因為作者必須與講故事的人，幾乎等一。我不可以以第三身的距離去呈現一個奇異觀景，像港產片所做的一樣，觀眾看這班人有幾英雄幾折墮幾衰格幾殘忍，連幾無助幾悽慘都不可。」[19] 作者捨棄第三人稱敍事，將自己投入在第一人稱敍事當中，避免加入任何作者的主觀情感，借「我」口說故事，使小說中「我」的敍述帶有抽離感。故事中的「我」以極其平淡的語氣，輕

---

19 袁兆昌：〈黃碧雲：「言語無用沉默可傷」紅樓夢獎得獎感言〉，《明報世紀版》（2014 年 7 月 22 日）。

描淡寫地訴說了自己充滿戲劇性的一生，彷彿是在講別人的故事。由於《烈佬傳》使用的是文學語言，因此作者在創作時並沒有用純粹的粵語口語[20]，除了是為了遷就非粵語使用者，《烈佬傳》以文白夾雜的書寫模式，更大程度是文學語言的展現。

〈金都茶餐廳〉的「我」就如同在茶餐廳和讀者閒話家常，以一種說話的方式呈現，使用的是地道語言；《烈佬傳》的周未難把自己從「我」中抽離，以說故事的形式將自己的一生娓娓道來，使用的是文學語言。敘事方法的差異，使兩篇小說表現出不一樣的感覺。雖然如此，兩篇小說的粵語書寫與小說的敘事息息相關，文學語言的轉換明顯經過深思熟慮，在白話文書寫的洪流中另闢蹊徑，別具意義。

20　黃碧雲：「寫的時候，我沒有用純粹口語廣東話，是一種妥協也是嘗試，將非粵語讀者的語言接收能力，再推遠一點，而且我相信，純粹口語的廣東話，有生活特色，但文學語言沒有新嘗試。《烈佬傳》語言，糅合書面語和廣東話，因此行文更精煉，也能表達烈佬斷斷續續的艱言難語。」參見袁兆昌：〈黃碧雲：「言語無用沉默可傷」紅樓夢獎得獎感言〉，《明報世紀版》（2014 年 7 月 22 日）。

總結：粵語書寫的價值

陳冠中曾言：「香港的作家是挺可憐的，你看看許多香港的小說，裏面的人物明明是當代香港人，但他們的對白，基本上是白話文國語普通話，而不是現實生活裏他們身份應說的生猛廣東話。」[21] 因此，陳冠中創作小說時會加入粵語書寫，目的是希望使用生動的生活語言表現出香港人的真貌，並以此作為粵語書寫的一個「實驗」。《烈佬傳》中粵語書寫的運用，雖只是小說的一種書寫方式，但當中其實包含了作者對粵語的一種肯定。黃碧雲在報章的訪問中坦言：「書用很多廣東話，除了因為敘述者不識字，所以我寫得愈接近口語愈好，但我也想到香港愈來愈為『統』與『一』，我不會叫口號撐乜撐物，但我寫香港用口語，有一種身份的肯定，並且賦予尊嚴。……純用廣東話，又失去『傳』的味道，所以寫得半白話半書面語。」[22] 可見作者在創作《烈佬傳》時加入粵語，除了是為了人物形象的塑造外，更是用以肯定粵語的價值。

21　陳冠中：《我這一代香港人（增訂版）》（香港：牛津大學出版社，2005年），頁 85。

22　袁兆昌：〈黃碧雲：灣仔烈佬有話說〉，《明報世紀版》（2012 年 8 月 16 日）。

香港粵語演出劇本作為本土文學 ——以《莊梅岩劇本集》為例

吳美筠

以粵語演出的劇本出版可演不可讀的迷思

　　上世紀末香港劇本研究提倡香港劇壇須重視戲劇的文學性 [1]，正反映香港劇壇與文壇曾經處於疏離的狀態，兼擅劇本創作的文學創作者並不多見，劇本的文學性探討亦經常缺席。有人疑慮香港劇本的方言成為全球華語流通的障礙，劇本出版時往往由演出時的粵語改成書面語，反映劇壇對閱讀市場的這方面焦慮。例如，陳國慧、小西編《合成美學

1　陳麗音：〈香港話劇的文學性〉，《香港戲劇學刊》第 1 期（1998 年 10 月），頁 51。

——鄧樹榮的劇場世界》，決定收入深入訪談的演出劇本〈日落前後的兩三種做愛方式〉時，經過與編劇兼導演鄧樹榮商議，決定把劇本由演出時的粵語改成語體文，「以方便不諳粵語的華語世界讀者閱讀」[2]，其實與提高劇本的文學性無關，亦不涉所謂廣泛可演性的希冀。事實上，經譯改成語體文的對白裏，仍出現用引號區間無法翻譯成語體的地方性方言詞，例如「無厘頭」、「打頭黨（香港人用「扑頭黨」）」；或對白內出現不少與香港本土事件有關的詞彙，例如：「戴眼鏡的肥局長」、「車公廟求籤」等。另一方面本地劇評人也曾擔心劇本太口語化太俚俗甚至用上粗口會令劇本文學性的消失[3]。然而過份講求優雅化的劇本難以具體演繹一些運用粗口如助詞的香港市井民眾。

2　見陳國慧、小西合編：〈前言〉，《合成美學——鄧樹榮的劇場世界》（香港：國際演藝評論學協會香港分會，2004 年），頁 ix。

3　周凡夫：〈「劇本」少了，「粗口」多了！——二零零七年香港劇壇的兩個現象〉，《香港戲劇年鑑 2007》（香港：國際演藝評論協會香港分會，2008 年），頁 15-17。

香港著名翻譯家黎翠珍在譯界及劇壇甚具影響力[4]。在1978 年至 1993 年間用香港地道方言翻譯英美經典劇作並演出，包括莎士比亞、夏勞·品特（Harold Pinter）、湯姆·史圖柏（Tom Stoppard）、愛德華·艾爾比（Edward Albee）、尤金·奧尼爾（Eugene O'Neill）、阿瑟·米勒（Arthur Miller）、契訶夫的《姊妹仨》和莎士比亞的《奧德羅》等。後來更出版《黎翠珍翻譯劇本系列（粵語演出本）》共兩輯十八種。她的翻譯劇本在描寫場景和人物行動用書面語，對白則用演出時的粵語，目的就是盡量用廣東話將戲劇裏面的精髓帶給香港人，證明香港的語言可以有很多變化，而且是很好玩的[5]。她對港式粵語能準確翻譯經典神髓的信心同是建立本土話語的信心，掃除粵語劇本能演不能讀的焦慮，打破粵語劇本不宜讀的迷思，帶領了粵語演出本劇本出版之風。

4　黎翠珍曾任教於香港大學，1978 年與友人創立海豹劇團，是香港戲劇協會及國際演藝評論家協會（香港分會）創會成員，多年來一直參與舞台工作，曾翻譯中、英劇本二十餘種。並曾發表翻譯香港作家作品及有關戲劇翻譯的論文。2004 年榮休前為香港浸會大學文學院院長，現為香港浸會大學翻譯榮譽教授及翻譯學研究中心榮譽研究員。2009 年獲香港戲劇協會頒發第 18 屆香港舞台劇獎「傑出翻譯獎」。

5　張旭：〈不知則問，不能則學 —— 黎翠珍的譯路歷程〉，《東方翻譯》總 23 期（2013 年第 3 期），頁 43-48。

爾後不少香港所出版的劇本集，均原汁原味地以劇場上演員所說的本土粵方言為本，成為民間流通的本土閱讀文本。這些劇本也值得作為文學文本來研讀。

　　其實時至今天，當粵劇也早已成為世界非物質文化遺產時，香港演出或出版粵劇劇本也從來不用轉換成規範漢語，才保留其文化本質，把劇本對白變換成規範漢語出版不但無助華文界了解香港戲劇的特色，而本港劇壇更有人開設「香港劇本網絡」，以收集、整理、展示和保留本土戲劇為目的，在「關於劇本中的粵字」版面置「粵字注釋」，把本土劇本通用粵字與正字作比對及解釋[6]，方便讀者查考，很大程度消弭粵方言詞所帶來閱讀障礙。

6　　網址 http://www.hkplayscollections.com/?page_id=75。

作為文學閱讀一向不能純粹從是否規範或具方言元素來定奪，必須回歸文學的角度來探討[7]。以莊梅岩[8]這位極出色的本地原創劇的劇作家為例，其劇本集《莊梅岩劇本集》中五個作品皆為得獎之作，同樣是用上述書寫策略創作劇本[9]。足以說明，出色的本地原創劇本，不必避免以帶有港式粵方言來書寫、演出和出版。

7　吳美筠：〈劇場進入文學的幾點策略性考慮〉，《戲遊人間——香港話劇團「劇場與文學」研討會文集》（香港：香港話劇團，2015年），頁178-181。

8　莊梅岩是重要的本土劇作家。早年畢業於香港中文大學社會科學院，主修心理學，香港演藝學院戲劇學院編劇系深造文憑畢業，英國倫敦大學皇家哈洛威學院（Royal Holloway, University of London）戲劇碩士。前中英劇團駐團編劇。曾多次獲得香港舞台劇獎最佳編劇獎。2003年獲香港戲劇協會頒發傑出青年編劇獎，2010年香港藝術發展局年度最佳藝術家獎（戲劇）。2012年獲《南華早報》選為香港廿五位最具影響力的女性之一。2014年，為原創舞台劇《杜老誌》編寫劇本。除撰寫舞台劇外，亦參與劇本翻譯、改編、電視製作節目撰稿人。其《法吻》於2016年改編成電影《暗色天堂》，由張學友、林嘉欣主演。

9　莊梅岩：《莊梅岩劇本集》（香港：天地圖書，2015年）。收《留守太平間》、《找個人和我上火星》、《法吻》、《聖荷西謀殺案》、《教授》五個得獎劇本。

以本土為論述中心的語言混雜性

「本土」在近年香港文化及政治圈成為熱點引用的關鍵詞，這詞的概念最初相對於「全球化」的概念而建基[10]，無論是文化或政治，本土意識的覺醒，討論不能擺脫社會政治的環境和相對他者的語言及文化差異作言說。但「本土」一詞在目前香港的文化論述已不能等同香港，或所謂「港味」，或曰「本地土產」這類單一的觀念，隨着論述的多元和指涉的多面向而變為複數概念，它既涉及產生的地域、空間、環境、歷史原因，也蘊含一種未完全被確認的集體意識。

就以香港語言及文化為本位的文學創作討論起點，便不能撇除但不限制於指向香港以帶有港式粵方言來書寫、演繹甚至出版的劇本。在構成一種相對於全球華文的本土文學的位置，事實上香港文學的本土性思考已不新鮮，羅貴祥曾引用梁秉鈞的詩作，論證七十年代對「本土是一個認知、觀察

10　朱耀偉、陳英凱、朱振威：《文化研究 60 詞》（香港：匯智出版，2010 年），頁 167-169。解釋新興文化研究詞彙全球本土化（Glocalization），反映由本土到全球過程，兩者顯現出時而融合時而衝突的關係。這多少顯示本土和全球漸漸不一定是相對的觀念。

的客體，而不是被認同、可回歸的事物」，對香港城市空間強烈意識也不等於是一個客觀的存在[11]。設想隸屬於某特定地域的時空產生的，表述想像概念的「本土」認同，再考慮所使用可表演的劇本作為載體（agency），必然首先包含語言的特徵又超越語言特徵以外的元素。

《找個人和我上火星》[12] 一劇講述旺角一條「放狗街」，午夜時分因放狗聚集六個來自不同背景的角色，劇中男主角Jimmy 身患絕症，渴望找一個人和他上火星，說話卻往往不懂尊重別人，不理會別人感受。他們溝通方式迥異，各懷心事，各有個人背景帶來的困擾和傷痛，此劇本象徵幾類典型的香港人，也涉及老人晚期寂寞問題。表面上這是關於「因為不懂得與人溝通，所以便退而求其次，改與寵物溝

11　羅貴祥：〈經驗與概念的矛盾 —— 七十年代香港詩的生活化與本土性問題〉，《香港文學 @ 文化研究》（香港：牛津大學出版社，2002 年），頁 247。

12　該劇由香港話劇團委約製作，2004 年 3 月 2 日至 30 日於上環文娛中心黑盒劇場首演，翌年獲香港戲劇協會舞台劇獎最佳劇本及十大最受歡迎劇目。其後曾在澳門搬演參與第七屆華文戲劇節在台灣演出。2011、2013 年也曾重演。

通」[13] 的故事。若細心閱讀，便發現對白充分反映香港人說話最大特色不止是港式粵方言的運用，而是語言的混雜性（hybridity）。

Jimmy：阿婆，也你習慣叫啲後生過你嘅人做老人家㗎咩？

Dorothy：噢！Sorry！Sorry！以前做義工幫啲老人家，叫慣咗呀……Sorry！Sorry！咁我應該點稱呼你呢？呢位 Gentleman？

【Jimmy 有點遲疑】

Jimmy：Jimmy。

Dorothy：噢！Jimmy——【稍頓】係咪 J-I-M-M-Y 嗰個 Jimmy 呀？

Jimmy：係呀，係 JIMMY 嗰個 Jimmy 呀。

Dorothy：我叫 Dorothy。

Jimmy：Dorothy。

Dorothy：係呀！Dorothy，即係——

13　編劇曾承認當時是有意為演員度身訂造角色，但也無意間把香港幾類人反映出來。涂小蝶：〈找個人和我談火星——莊梅岩與我談劇本創作過程〉，《戲言集》第一卷（香港：香港話劇團，2006 年），頁 245。

Jimmy：即係 D-O-R-O-T-H-Y 嗰個 Dorothy 吖嘛。

Dorothy：唔係 ——

Jimmy：唔係？

Dorothy：係，係 DOROTHY 嗰個 Dorothy，但係我想話你知 —— 即係綠野仙蹤入面嗰個 Dorothy。

Jimmy：綠野仙蹤……咩嚟㗎？[14]

上引對話中英混雜，跟着 Dorothy 竟用唱英文歌來代替對話，顯示她用喜樂的形象來掩藏自己的未了心事。用反覆的滑稽甚至港式「無厘頭」來表達雙方錯摸了很多時間才認知如何稱呼，而且最終無法準確掌握名稱的含意，反映香港城市人冷漠的對話，沒有加深了解的作用。劇中另一角色萍是新移民，演繹時夾雜粵語和國語。她覺得香港陌生，比較喜歡用國語講話，認為廣東話總有「咩呀、係呀、好呀」沒神沒氣的[15]。即使 Jimmy 跟她講國語，萍只能知道他說甚麼而不明白他的意思。這角色代表一班內地移民在香港居住，既不再是內地的大陸人，又不是被港人認同為香港人

14　莊梅岩：《莊梅岩劇本集》，頁 65。

15　同上註，頁 89。

的尷尬身份。首演演員正是這種身份人士,即使操流利標準的粵語,聽起來總覺跟一般港人不是一模一樣,講國語又另一種味道[16]。另一角色 Popo 表面上唯利是圖,內裏另有隱衷。去「放狗街」為配種生財,說話尖酸多用潮語。所謂潮語,就是在香港民間流行的潮流用語,例如「咁<u>頹</u>(敷衍塞責)嘅理由」、「你眨眼就<u>豪</u>(耗掉)咗我三日嘅使費(支出)」。這些潮語詞彙若翻譯成書面語,便較難突出典型「香港仔」(現實功利而口沒遮攔的年青推銷員)的形象塑造。

劇中的場景的原型來自亞皆老街旁一條小巷,經過實地觀察取材,而人物塑造也從現實中擷取原型。再以「上火星」這一點帶有逃離現實的況味,象徵各人連繫方法失準,缺乏共同語,惟有找人一同上火星,尋找不可能的伴侶。「本土」不一定是一種可以聚焦的語言狀態,本土語言的混雜性意味着一種普遍性的話語慣習(habitus),一種充滿地方色彩的港式文學書寫。

---

16   參《戲言集》第一卷,頁 254。

方言所引動的劇場元素

在語言上的混雜性，〈情殺聖荷西謀殺案〉一例更加典型。舞台雖然設定在美國聖荷西一家移民夫婦的家，遇上失意來訪的香港人，以及移民美國做生意的台灣和大陸人。表面上劇本講述移民家庭的悲劇，實際隱喻香港人的身份認同危機，更代表道地的香港人故事。整個劇混合粵語、閩南語、英語、普通話，若語譯成統一的規範漢語，便失去了劇本最重要的特徵。劇中夫妻其實由一宗兇殺而轉換了並隱藏着身份，為了尋找他們認為的完美生活。失意情場的港人訪友，重視感情，外表開放，忠於自己，象徵香港人尋找認同的過程感到迷失，而她又是角色中最清醒的人。讀者必須細味此劇人物塑造和情節的隱喻，才能讀出粵語對白中的含隱象徵。這劇突顯本土文學一種混合語言（mixed language）的常見特徵，同時代表文化及身份認同的混雜性，呈現了香港自開埠以來，經歷殖民統治到回歸，由中英夾雜到粵語，由方言俚俗到規範書面中文、普通話，發展至今所形成、並保留全球最多元混雜的華語。

又如《留守太平間》[17]寫受惠於香港教育普及與經濟起飛的時代，接受精英教育培養出來的港產專業醫生，遇上一個荒誕的處境：李醫生在戰區的臨時醫院給關在密封太平間，遇上尚未受現實折磨變得麻木而失去理想的青年 Jeff，發生連串的衝突和對質。全劇以李醫生發現 Jeff 就是七十年代在醫學院的自己作結。作者借助這不可能發生的場景突顯人物的心理衝突，表達他如何從理想醫科生，變成中產優皮族，偶然到安哥拉內戰區做無國界醫生，尋找潛壓的夢想。這種典型的中產，是非常「本土」的產物。如果隨便把對白改成中文書面語，便不能具體呈現中年醫生那種滿口專業名詞，中英夾雜的港產專業人士的形象；對寫詩的年輕人沒耐性，說英語粗口，又隨口說俚語，是典型香港「番書仔」（接受英語教育，英語比中文好的人）的特徵。例如當他被關後發現自己的脈搏異常時，便習慣性的一口氣呢喃着醫學英語專業名詞：

17　該劇由中英劇團委約製作，首演於 2002 年 7 月 11 日至 14 日於香港藝術中心壽臣劇院。翌年獲香港戲劇協會舞台劇獎最佳劇本及十大最受歡迎劇目。劇本曾譯成日語刊登在《台詞的時代》，其後同流劇團在 2011，2012 年再演。白話版製成教材作中學教參。

……有間歇性嘅 arrhythmia 同埋明顯嘅 SOB，BP 一百六十 over 一百二十，血糖偏低，如果唔即刻服食 TNG，輕則中風死人，重則死唔去吊住半條命咁送返香港。大鑊……

喺家最理想嘅 treatment 當然係 hospitalization。養和頭等病房係一個幾好嘅選擇，再唔係喺 May Tower 張大床瞓返一頭半個月，呼吸吓新鮮空氣，做啲量力而為嘅運動，嘗試過啲最 ideal 嘅健康生活……呀！朝頭揸架「波子」入淺水灣食份 foie gras，晏晝鍾意就去 Kong U 聽 Seminar，夜晚去 Doctor Hui 嘅 Ball，不過老婆會話膽固醇高搞到乜都食唔到要餓住個肚返屋企……返屋企之前去大圍食雞粥，去灣仔買碗水餃麵、去九龍城打冷、大埔大排檔、九記牛腩粉……最低限度都去水街食個白粥油炸鬼……點都唔應該九唔搭八時飛嚟安哥拉做足兩個禮拜手術冇停過手、企足三十八個鐘一塊餅都未落過肚就睇住嗰班豬玀殺咗你哋兩個！What kind of world is that？Huh？打足廿五年你地唔厭㗎咩？呢頭畀政府軍嘅地雷炸傷我救返你、嗰頭又畀游擊隊殺死！你

要嘅我時間 —— 可以！但係你唔覺得無謂嘅咩？但係你唔覺得無謂嘅咩？[18]

這段由下意識支配令主角不自由主地發言，反映中產化的李醫生在極度慌亂之下內心尚在牽掛優裕的生活，開名車吃法國餐享受地道美食，後悔死在設施落後施救艱辛的安哥拉。他説話每以英語入文，展示一種知識分子的優越感。而"Kong U"是港大生對"Hong Kong U"習慣的口頭發音，並加懶讀的特徵。另一方面，年輕時代的醫生既講俚語、潮語，又有能力用標準規範漢語撰寫新詩，是三文兩語流利的精英資優生。他對李醫生不耐煩，叫他「退你嘅休啦，叔父。」（頁41）這裏「叔父」所指不等同普通話對父親的兄弟或朋友，演員講的時候要「父」由粵語正音陽去聲（第六聲）變調為陰上聲（第二聲），變調後有瞧不起對方已過時、思想落後的意思。即使姑且語譯為「大叔，你退休吧」，雖有嘲弄調侃之意，但無法突顯文上隱藏上一代已忘記自己如何獲得專業，如何曾經熱心尋夢的恨意。前句段倒裝分拆「退休」一詞，未必可以找到可轉換的書面語。這類對白包含人

18　莊梅岩：《莊梅岩劇本集》，頁11。

物的態勢語，用時下流行慣用語或俚俗詞，方可引導演員突出表情語調。

取材與主題的在地呼應

　　如果說 2002 年首演的《留守太平間》是時代產物——中產階級的失落悲情，2013 年的《教授》則可以說是典型時代衝擊下，兩代學界人面對社會衝突的糾結。這些元素促使人物使用道地的港式俗語俚語更為突出角色之間的張力。莊梅岩擅長在表演性的元素不離人物設計、場景、衝突、行動上埋下深層隱喻。《教授》隱喻社會正義與個人主體慾望、愛情、家庭期望的拉扯，建構了大學社關運動的香港故事。劇中代表兩種上一代中產對社運大學生的價值取向：教授是當年「認中關社」的熱血社運青年，後轉而以學術論著繼續他作為公共知識分子的社會責任；而教授的姐姐 Oceana 功利現實，重視兒子的成就，盼望保守穩定中產生活質素。當兒子因上街集會被起訴而如熱鍋上的螞蟻時，教授和姐姐在開展了一場激烈的爭辯：

Oceana：我唔會聽你講㗎你知唔知點解？因為你根本唔知出面個社會係點。

教授：我寫咗九萬幾篇文關於呢個社會我淨係清楚呢個社會。

Oceana：你個社會只係一間大學！你乜都唔知，你唔識寫 resume，唔知咩叫波士，你呢種人，出到沙田已經蕩失路，你根本唔知刑事案底呢商業社會代表啲咩，你淨係掛住你嗰啲死人公義就攞我個仔嘅前途較飛！

教授：而你個社會只有你自己──你嘅利益、痛，你嘅奮鬥史；你知唔知我最唔明咩呀？你呢啲每日淨係為自己諗嘅人有乜資格去 judge 一個想去為其他人諗嘅學生？仲敢講將自己嘅價值觀壓喺佢身上！[19]

教授認為她應該讓兒子闖自己的理想路，Oceana 認為他漠視社會現實。他們的一段對話突出語音雙關及節奏兼融劇場效果和思考趣味，可能體現到高行健所提到的語言樂感（musicality）[20]，通過粵語書面閱讀可體會當中語氣和節

19　莊梅岩：《莊梅岩劇本集》，頁 299。

20　高行健、方梓勳：《論戲劇》（台北：聯經出版社，2010 年），頁 106。

奏等文學性的提煉。單是「社會」一詞，已隱藏多個指向。Oceana 第一句所指的「社會」是工作環境中，競爭激烈的現實，香港功利的商業社會。而教授關於「社會」的研究論文，是社會學上整體社會結構，建基於社會公義，他後來指責 Oceana 口中的「社會」褊狹，只指向自己的個人利益、事業發展。香港人有一個說法，就是畢業後投身工作就是進入「社會大學」，但 Oceana 借用此慣用語轉換意義，嘲諷教授的「社會」研究困在象牙塔，研究不切實際，沒有真實的「社會」的實戰經驗，理論只能存在於大學，是不能付諸實踐的公義，所以不知道她兒子面對非法集會帶來的訴訟風險。這段關於「社會」定義的討論打開了人物的過去，也象徵嬰兒期一代的兩類港人，引伸香港人面對政治與社會結構轉型的矛盾。其衝突高點必須用粵語才可以呈現。

語言作為人物的思想及言行方式的表徵，這些人物的塑造和衝突，無論取材，以及主題，都隱喻香港人的獨特處境，如《找個人和我上火星》語言混雜所延伸的溝通障礙象徵寂寞。《留守太平間》為教統局課程發展處所採納，成為中國語文戲劇教材劇本選輯及導賞教學資源，教材套的劇本經過書面語譯，流失不少港式俚語所構成的張力和象徵。

本文無意否定本土戲劇創作只限於劇本文本，本土劇作亦包含導演創作、新文本創作，惟本文重心在文本的文學閱讀。從本地原創劇本看本土文學其中一種具體特徵，並側映粵語語系書寫作為具主體性的本土文學文本，劇本是不能忽視的一環。而事實上本土粵語劇本的文學性，尚待更多的探研。

第三輯

為甚麼書展人多，
文學人少？

香港貿易發展局辦的書展，入場人次早
已突破百萬。這代表香港書展愈辦愈好
嗎？香港書展是文化品位？是城市的水
平？抑或是「悶死」？是「趁墟」散貨？
堪稱「亞洲的國際都會」的香港，書展
又如何堪稱「國際化」？李歐梵之後，
為何再不設年度作家？難道書展年度作
家無助增加城中文學氣息？這讓人困惑
的書展，為何參觀的人多，文學成份卻
因何不成比例地少？

怎樣的書，如何的展

方太初

　　答應寫香港書展的文章，心裏卻知道要寫的，其實是香港書店與出版業環環相扣的故事，書展是其中一種體現了此城對書業態度的活動。這邊廂看見 1958 年開業至今、祖傳三代的精神書局西環店將於下月結業，那邊廂又讀到根據美國出版協會統計，電子書銷售整體下跌了 10%，紙本書仍有其市場。不是仍有，而是市場很大，2014 年，美國圖書業利潤總額為 154.3 億美元，中國利潤總額為 1563.7 億元 —— 圖書業可以說是很重要的文化產業，全球每個城市每年都舉辦書展，那是一地軟實力的宣示，一如電影節、藝術節等等。

然而，一種產業到底要如何去發展，將書展做到散貨的街市般，只着眼於入場人數與即時的銷售量，就是成功嗎？還是另一種愚蠢，香港書展被譽為亞洲最大圖書展，當有說今年中國兩家最大出版商沒來參展的原因，是香港書展傾向於向客戶賣書，而非版權交易（這牽涉到怎樣將一地的出版物推廣給世界），當同樣鄰近的台北國際書展因為糅合版權交易與書籍銷售兩種方向，成為亞洲第一大、世界第四大之國際級圖書專業展覽，我們是否該反思，所謂香港書展作為亞洲最大圖書展的「大」——人數之眾、銷售之多——是否長遠對香港圖書業有利？

為書展設計提案

　　香港書展真的是很弔詭的事情：每到書展都有很多平時不看書的朋友會邀我去書展，於他們有種趁墟的感覺，倒是身邊的寫作朋友，往往是因為工作或自己有講座才去書展，為甚麼一個與書有關的展，與書相關的人卻大多覺得沒有意思？甚至直接點說，覺得悶死了。

好，要拆解香港書展面對的問題，不如先從「悶」入手。看到 2015 台北設計城市展有一個活動是「海選！！100 個社會設計提案」，由市民上載社會設計提案，雖然最後這些提案未必真的會實行，但有時還真能帶來不少新想法呢。忽發奇想，如果我們可以有「海選！！N 個香港書展提案」會是怎樣？於是向身邊朋友廣發英雄帖，問他們書展到底有甚麼做得不好，也問他們說若書展任他們搞，會是怎麼搞法？以下是一些朋友的想法：

　　Nico：「我想像會是一個電影節藝術節的東西，當然現在的書展是出版社的散貨場，很肉酸，無論 booth 做得多靚都沒用，主角應該回歸書與文學，是書與文學。就如同電影節，不同的電影公司可以提交電影參展，每個出版社都可以提交新書參展，而且不是一本書，可以是一個種類的書，只帶這些書來參展，是比賽的地方，又會有獎頒給出版社，比如威尼斯電影節的金獅獎就是給最好的電影。甚至可以細分文學性、設計性，可以有不同的獎，這樣可以培養這個城市的文學氣氛、閱讀氣氛。這是完全撇除商業的考慮，當然現在書展會想有多些作家和學者講講座，本意是好，但毫無主題性，又或有主題，但根本沒有人知道，這可參考 BODW

或 Ted 的形式，真的是 forum 來的。法蘭克福書展的主題是很清晰的，貿發局為書展設的主題則跟整個活動沒甚麼關係。如果你是尊重這件事的，那麼就會隆重其事，做出來是不會差的。問題是不尊重這件事，覺得文學與書也很賤，為甚麼這麼多種藝術形式，電影可以拿這麼多資源去做，但文學不可以？這不是個人喜好的問題，文學本質上也是藝術，為甚麼大家眼光如此看。

事實上香港很細，每一間出版社都擔當一種角色，是很不健全的出版社，比如說出開食譜的就只出食譜，出文史哲就只出版文史哲，在外國一間健全的出版社已包含了香港很多間出版社會出的書種。香港出版社既然有這種奇怪的特質，是否可以用來營造其個性？但現在大家在書展的個性都很不清晰，我在 A 攤位買到的書跟我在 B 攤位買到的沒有分別。那我選在 B 攤位買，原因可能只是便宜了兩蚊，這是痴線的，很沒趣的事情。」

Dominica：「若可以任我搞，我會由本土文化着眼，重新梳理香港文學，但不是以 chronological 方式，而是從主題入手，比如說今年講歌詞，那不只是與填詞人有關，也與社

會氣候、流行文化有關，也可以延伸去談當時的香港文學。流行文化、文學、社會本身就互相 intertextual，這樣牽涉的範圍就會大很多。現在變了常常都只是做回顧。我覺得年度作家可以有，但不需要強求，主要是可以扣連到市民日常生活。現在講座門外賣的，最多只有作者的作品，而沒有相關的書。因為每年都是平價書／旅遊書散貨場，似街市多過書展，年年都是同一批作家出一樣的書。應該用不同題材去分區域，不要再有那麼多 100 蚊 8 本的檔攤。」

Karina：「書展悶，因為只是個散貨特賣場，人多得像旺角。要改善，應該令來看展的人有多些機會遇上有趣的書或人，重點也許是該由懂書的人來主辦或策劃吧。比如說可參考台灣的例子：某年路過台北紀州庵，看了一個以台灣城市書寫為題的小書展，印象頗深是因為策展人細心地鋪陳了幾十年間與此主題有關之書。在展品中看到不同年代的作者，又看到城市特色。」

Tung：「書展其實是為了甚麼？是不是就只是發表新書？所以那些大出版社攤位賣的都是一樣的書？我想看的是每個攤位也有其獨特的書。這才是令香港書展悶的原因。

我覺得書展還有另一個角色，是 book buyer。但香港書展不會見到太多外文書。書展幾年前擴充，第一次叫其他外文出版社之類參展，雖然不算多，但也會有一些平時書店見不到的得意的書。而香港的出版社其實根本就不見得有幾 concern 去發掘及引入其他地方的有趣出版物。當然又是錢的問題。另外，也可以說是策展的問題，現在書展的格局是簡體字書一邊，然後主流的東西一邊，有個青少年的館等，但為甚麼一定要這樣劃分呢？可不可以像 Muji bookstore 那樣做呢？例如科技是一個區、綠色生活是一個區、神秘學又是一個區的，我印象中有些外國書展在參展商攤位以外是會有主題展覽的，比如法蘭克福書展。香港不是沒有主題，但那種主題是標題式的，找一個年度作家，然後擺放他的書，幾個講者講下分享下，完。可不可以多些跨界的東西，那些跨界的東西甚至不需要很著名的，例如哪個作家在某經典作品中不斷以時鐘做主題，那就叫很多小朋友一起畫一些鐘之類的都可以，但現在香港書展是不可能有這些。」

Vic Kee：「我去書展都是去聽講座，聽完就走因為講座跟書展是在不同的地方，我會聽全日講座，但不會行書展。台灣書展的講座都是在展場內，所以怎樣都會逛下。」

Natalie：「書展之所以悶，是因為幾乎個個攤位都推新書、銷書、搞簽名會等等，做一模一樣的事。雜誌攤位更差，擺明送大禮吸納新客戶。而且大部分入場的不是有工作在身就是抱着買平書的心態入場，會討論書的人真是很少。至少應該在會場內要有似樣的對談會或者有關書籍或作者的延伸活動。如果有寫食的作者，就不如在現場有試食；與時尚相關的書不如就有 styling demo。」

Bancroft：「現在書展像市場，全是趁墟的感覺。從地鐵車出來一直逼逼逼人羣，沿途都必須跟隨警察的指示，打蛇餅地進入會場。會場的劃分亦過於僵化、限制，未開始逛書展已經充分感受到累悶與失去自由的感覺。失去逛書展的慾望。若要改善，起碼不是貿發局搞吧。多些藝術對談、表演、展覽已是不錯。不要再硬性地分甚麼成人與兒童、本地與台灣大陸書的展區。以書籍主題與類型劃分更小型的展區（例如一個 hall 有文學歷史文化電影哲學），讓不同興趣的人更易凝聚，亦便於認識各個展區。大出版社亦不應只聚在一塊，應該打散。因為香港人逛過『三中商』就覺得自己是逛過書展。」

篇幅所限，這只是其中一些回應，但已經可以看出大多數人都指出香港書展只有檔攤售書的功能，根本沒展出書的風景。甚麼是書的風景？那大抵是書與社會變化、文化形成、生活品味之間的關係。簡單而言，你能否數出這一年香港哪間出版社有甚麼特色出版物？

好，現在看了一些人覺得書展的重點是甚麼，不如又看看主辦方重視的究竟是甚麼？打開香港書展的官方網頁，裏邊有一連結是「書展回顧」，裏邊詳列從 1990 年首屆書展至今的每年大事，1990 年只有兩行：「首屆書展在香港會議展覽中心二樓舉行，展期四天，免費入場。」「參展商共 149 家，入場人數 20 萬。」再逐年細看下去大事都是票價提高若干，展期與開放時間延長多久，新增多少展廳、憑票尾可用 10 元換取成人票、增設 5 元優惠券，而增設會場銀行服務，由永隆銀行提供服務也是 2000 年大事……我會知道 1993 年「熱情觀眾踴躍入場，引致售票處旁之玻璃被迫至爆裂，兩名入場人士受輕場入院」，但不知道那一年香港有甚麼特別的出版物，有甚麼本地作家在那一年備受關注，又或香港書展將那些本地出版物與作家介紹給世界。一直到 1997 年，才看到「增設『國際版權交易會』及『亞洲出版研

討會』」一條稍微與業界相關的內容。2004 年有首設「國際文化村」，以書籍推廣文化；2005 年有首次邀請兩岸三地作家於書展開講；2006 年，邀請金庸及倪匡出席，直接與讀者會面，這一條之下是「『兒童天地 —— 名人講故事』亦邀請到香港特別行政區行政長官曾蔭權與小朋友講故事」……

悶悶悶悶悶悶

列舉了這麼多，想說的是，如果你想藉 20 年香港書展去明白香港圖書業是完全不可能的，那就不禁想，每年來香港書展的遊客，買回一堆書後，他們對這個城市的文化底蘊，恐怕只是有浮光掠影的感受而已。香港書展主辦商香港貿發局對書展的着眼點，與前文所述的「香港書展提案」一眾朋友所提出的意見，幾乎沒有任何交匯處。但這不能怪主辦單位呀，總有人跳出來說，因為名稱早告訴你了，那只是貿易發展局，而不是推動文化的機構！好，就不岔開話題談香港是否需要文化局。主辦單位要是只讓貿易及其數字，從有關數據顯示，大概已可知悉圖書業是大商機，乃至這個城市的軟實力 —— 書展表面銷售數字與入場數字都似乎非常理想，但香港圖書業作為創意產業正因為這種即時對數字

的追求，已變得愈來愈單一，愈來愈沒有特色了。獨立出版
與各種小發行商無論在實際的書展會場還是無形的市場中，
無疑都被逼到看不見的角落了。

　　書展時到不同攤位探望朋友，與一家本地入口台版書的
發行商傾談，他告知今次書展後，將停止發行業務，貨倉
裏的書全部退回台灣。他說，近年來有數家小發行商倒閉，
原因是連鎖書店不跟他們拿書，或每本書只入一次，也只
是入很小的數量；問他是那些書不夠好嗎？他說不是，連鎖
書店有自己的出版社，同集團的大型發行商每月都有新書
出版，連鎖書店根本不愁沒有新書。這樣下去，小發行商就
只好關閉，接續的影響是又少了一家發行商入口台灣書籍，
當書業愈來愈少發行商，書種就會愈來愈少，而所有出版社
只能跟隨大發行商的遊戲玩下去，或乾脆倒閉，如此故事，
無論對獨立書店或個體出版社，都並非好事。

　　獨立書店或個體出版社似邊緣化，是書業的大趨勢，恰
如他們在書展中的角色。發行商朋友告知，參展商揀選攤檔
位置是有次序的，租用較多攤位的連鎖集團有優先選擇權，
然後才輪到中小企業；他亦指給我看，有些參展商租用多個

攤位，再將其中一些攤位分租給其他單位，所以入場者可能會發現，攤位上的參展商名字（那是貿發局的規格）與在該位置上的出版商不符。若是這樣，那就明白了，為何書展區域分類如此僵化，因為數量已決定一切。

如果把書展中這種悶的感覺延伸出去，不難發現此城有關出版的文化有一明顯特色，從書展、出版社到連鎖書店，都只得一個「悶」字，然而，是否真的只能這樣「悶」呢？「悶」還真是一門高深的學問，整個城市的書業可以如此單一的「悶」，其實也是不簡單呀。要有多大的力量才使所有事情偏向某一方？

如果要問我往年到香港書展去，印象最深刻的是哪個攤位？我只好坦白說，印象最深刻的是有的，但卻非香港參展商的展位，而是上年來香港書展參展的台灣獨立書店文化協會，裏邊只出售小量的書，其中一堵牆則展出了有關台灣在地文化的書，供人在場內閱讀，還有台灣作者在裏邊跟你談話、分享。話說台灣獨立書店文化協會成立於 2013 年3 月，因為當時台灣的文化部想為獨立書店做一些事，但不了解業界的運作，由是經營獨立書店的人就想，真的要做，

就不如就由業內人士來做。據廖英良分享所言，他們接下去會建立資源共享平台，由訓練店員、分享營銷手法，乃至幫助有心人開店，都在他們的構想範圍之內；後來又在其他場合，聽到台灣獨立出版人都在苦思，如何與獨立書店結成物流網，擺脫「發行霸權」的鉗制。

但這樣的故事似乎離香港太遠了，還是我們在日益沉悶中失卻想像力？大家不妨想想文首有關「香港書展提案」的各種想法是否真的不可行（請自行添加你們自己的提案），比如在書展中加添書籍獎項，就算不特意加添，只與現有的合作也能幫大忙了。比如說，和香港文學出版中最高榮譽的獎項「香港中文文學雙年獎」合作，就在書展首天公佈得獎名單與進行頒獎禮。值得留意的是雙年獎裏很多得獎書籍都是由獨立出版社出版的，比如上一屆得獎作品《蝦子香》、《香港歌詞八十談》乃由匯智出版；《只道尋常》、《細說：梁品亮小說集》由川漓社出版；《而我們行走》由文化工房出版，再看之前數屆，還有廿九幾、東岸、麥穗等等小出版社，不能不數的是出版極多好書的青文書屋，但極度諷刺的是，當中很多由小型出版社出版的得獎書在連鎖書店裏都找不到。

若香港書展能結合「香港中文文學雙年獎」或任何其他書業獎項，至少也讓大眾知道香港在過去一年香港到底有甚麼好書推出，這些書的價值是有多高。小出版社亦藉此為眾所知，以其出版物的質素高低，決定曝光率，而非以大手筆租用多少攤檔決定一本書的命運。

　　世界各地的書展很多都有特色，唯獨香港，除了説它吸納了 100 萬觀眾入場，我實在沒有別的可以再説了。真的，別讓世界從書展中，看見我們在日益沉悶中失卻想像力。

書展隨想文學翻譯

宋子江

在書展看文學翻譯

書展與文學翻譯，兩者從來沒有在我的腦海裏產生過聯繫。每年香港書展都人頭湧湧，拖篋逛書展的人到處都是，看着這幅文化繁華的景象，很難想像香港曾經被稱為「文化沙漠」。剛來香港的兩年，去書展都是懷着趁墟的心態，會場內非常擁擠，常常踢到別人的篋。平時的新聞都報導街上的拖篋人會遭人白眼，而在書展上拖篋人卻可以給人白眼，反差大得讓我詫異。接到香港文學評論學會的邀約，寫文章來談書展與文學翻譯，激發起我的好奇心。究竟在書展看文學翻譯，究竟是怎麼一回事？究竟會看到甚麼？我也很有興趣知道。

進入書展場地，首先看到大陸的幾家出版機構，如新疆新聞出版廣電局、高等教育出版社、中國國際出版集團和江蘇出版集團等，據說從大陸來參展的出版機構共有十九家。這些出版集團旗下都有很多家路線不一的出版社，如江蘇出版集團旗下的譯林出版社，它們出版了各式各樣的文學翻譯類書籍。就拿新疆新聞出版廣電局來說，他們擺出了新疆少年出版社推出的「羊皮鼓譯叢」。該譯叢絕大部分是新疆少數民族作家的小說。第一套有四種，即買買提明·吾守爾的《古麗莎拉，再見》和《有棱的玻璃杯》、烏曼爾阿孜·艾坦的《天狼》和朱瑪拜·比拉勒《藍雪》。後來這個系列又增加了哈薩克族作家夏木斯·胡瑪爾的《潺潺流淌的額爾齊斯河》、維吾爾族作家哈麗旦·伊斯熱依力的《城市沒有牛》、葉爾克西·胡爾曼別克的《黑馬歸去》、吐爾遜江·穆罕默德的《荒原記憶》、艾海提·吐爾地的《歸途》、艾斯別克·奧汗的《苦澀的蜜蜂》、阿里木江·司馬義的《金隅》、努瑞拉·合孜汗的《最後的獵人》等多種。這些新疆少數民族作家的小說除了有漢譯，也有英譯，如 *A Faraway Land of Promise*、*The Last Trapper* 等。古怪的是，這些小說的英譯本，在網上全不見蹤影，或許它們是「外事任務」的一部分吧。無論如何，新疆新聞出版廣電局擺出來的外譯書籍，還是非常可觀。

讓我們反觀香港的外譯。2011 年，嶺南大學人文學科研究中心出版《香港文學外譯書目》(梁秉鈞策劃、許旭筠主編)，記錄了香港文學作品被翻譯到各種外語，在世界各地出版。2013 年，《字花》曾在書展上舉辦過「在香港，看不見的翻譯」講座，講者有國際文學雜誌 *Asymptote* 編輯吳澤君和作家陳麗娟。《字花》與 *Asymptote* 一直進行互譯計劃。在該年的書展，《字花》還舉辦了「香港文學外譯小展」，展出劉以鬯、西西、董啟章、陳冠中等人的外譯書籍。本屆書展似乎並沒有關於翻譯講座和活動。近年由 Pangolin House 成立的網上文學雜誌 *Poetry East West* 時有翻譯香港詩人的作品。此外，韓國學者金惠俊帶着自己的學生翻譯和出版了不少韓文版的香港文學作品。

　　至於本地的外譯活動，自從 *Muse* 雜誌結業，香港文學外譯活動安靜了不少。MCCM Creations 偃旗息鼓，香港文學的外譯出版愈加困難。近幾年，獨立出版漸漸成為出版外譯作品的一種方式，零星陸續地進行。2013 年澳門故事協會和文化工房合作出版《港澳台八十後詩人選集》，又與嶺南大學人文學科研究中心合作出版過外譯小說集 *In Search of a Flat: Hong Kong Urban Short Stories*；2013 年鄭政恆與

友人合編外譯成土耳其文的《香港詩選》。大學出版機構亦有出版外譯類的書籍，例如 2012 年香港大學出版社再版梁秉鈞的雙語詩集 *City at the End of Time*，中大出版社則仍在擺賣多年來積累下來的多種外譯類書籍。除了大學出版機構的書籍，以上的外譯書籍絕大部分都沒有出現在書展上。究其原因，還是要說到市場需求。誰會在書展上花幾百元來買一本意大利文版的香港小說呢？另一方面，獨立出版的發行和流通始終非常有限，小本經營，資金不足，要抵達攤位費奇高的書展非常費力氣。

Voices of Tinshuiwai Women 和 *Snow and Shadow*

或許《天水圍 12 師奶》的英譯本 *Voices of Tinshuiwai Women* 是一個例外。這本書出版於 2009 年，出版社是小書局（MGuru Limited），譯者 Tina Liem 的經驗非常豐富。在今屆書展上，小書局有自己的攤位，設計得很別致，除了賣一些精心挑選的人文類書籍，還賣一些小精品、文具和飾物。英譯本類似近年英文的創意寫作課上較受歡迎的文類 life writing。至於翻譯的因緣，作者陳惜姿接受《讀書好》雜誌訪問時表示：「其中我接到一個電話，是由一位在香港

大學教授翻譯的朋友打來,我並不認識他。他主動聯絡我,說看完這本書後很喜歡,表示他的同事可以幫忙將它譯成英文版——那是義務性質,分文不收的。」她接着說:「我沒太大信心會有英語讀者。但其中一位德國籍的女同事表示,她不同意我的看法。她說,歐美的讀者即使對非洲一個小部落裏面的人,都會感興趣——只要那件事跟人類的問題有關,他們就會關心。」[1] 歐美讀者是否那麼有心不消說,如何讓這本書到達有心的歐美讀者的手上,始終是一個現實的發行問題。當然,我並不知道小書局是否有國際發行網絡,也不知道這本自發的外譯書籍在香港的銷售情況,不敢胡亂揣測,但是這本書出現在書展上,仍讓我感到獨特和意外。

　　近幾年,香港藝術發展局推出香港文學外譯計劃,資助本地大學把具代表性的本地文學作品翻譯成英文,並在海外出版發行。根據香港藝術發展局公佈的資料,這個計劃係由香港中文大學翻譯系以及香港城市大學跨學科高等研究學院負責,資助總額達到三百萬港元[2]。目前為止,這個

1　　http://www.books4you.com.hk/31/pages/page2.html
2　　http://www.hkadc.org.hk/wp-content/uploads/ResourceCentre_
　　　ADCPublications/AnnualReport/2011-12/AnnualReport_2011-12_
　　　part6.pdf

計劃讓大家看到的成果只有謝曉紅的短篇小說集 *Snow and Shadow*，譯者是英國人 Nicky Harman，出版社 Muse 的 East Slope Publishing 在香港，但國際發行網絡非常不錯，Amazon 英文網站上的讀者反饋也讓人興奮，這本書亦現身於今屆的書展。這種由機構推動的外譯計劃，進度似乎並沒有預想中的快，但是就 *Snow and Shadow* 來講，效果非常不錯。文學翻譯的確是很花時間和精力的作業，就讓我們拭目以待吧！

五、六十年代與今天

至於中譯，恕我眼拙，真的沒有在書展上發現香港的出版社有出版中譯的外國文學作品。就文學翻譯類書籍的出版狀況來講，今天的香港比起五十和六十年代的香港真是差遠了。我和唐文博士正在進行一項關於翻譯的研究計劃，旨在梳爬整理 1949 年至 1969 年在香港出版的中譯單行本，目前已收集超過 2,500 種，當中文學類書籍約佔半壁江山。戰後二十年間，美蘇兩大陣營形成以冷戰模式為主的國際格局，左右對立，涇渭分明。由於地緣、政治和歷史的差異，冷戰在各地區的演繹亦有所差異。自 1949 年起，中國大陸

進入建國十七年時期，緊接着迎來文化大革命，文學翻譯為意識形態的宣傳而服務；台灣則處於反共戒嚴時期，阻斷中共的文字材料流通，禁止「附匪作家」的譯著出版。殖民地香港的處境卻有別於中國大陸和台灣，港英政府能夠在一定程度上容忍左右兩派的文化活動，中共統戰和美援資助各據其位，在出版界也形成了左右兩派對立的局面。當時左派的出版社和從南洋來港的出版公司聯合，重印了許多民國時期的舊譯，新譯甚少；當時美國新聞處在香港成立的亞洲基金會資助了許多翻譯類書籍的出版，亦自行建立今日世界社，翻譯和出版美國文學作品。該社以較高的報酬廣邀名家來翻譯美國文學作品，香港的譯者隊伍中便有宋淇、張愛玲、喬志高、湯新楣、劉紹銘、思果、金聖華等等。今屆書展的年度作家李歐梵亦有翻譯過海明威專家卡洛斯・貝克（Carlos Baker）的論文，加入張愛玲譯的《老人與海》，該書由今日世界社於 1962 年出版。五十和六十年代香港的文學翻譯如此繁榮，反觀今天一片枯竭的景象，真讓我望洋興歎。

三聯書店、商務印書館和中華書局都設有一個小角落擺賣由來自台灣的文學翻譯類書籍，但是去台灣出版社的攤位也能買到這類書。這類書中有值得關注的新譯，如

《一九八四（反烏托邦三部曲全新譯本，精裝珍藏版）》，出版社是野人，譯者吳妍儀來自台灣。香港要出版這類書籍看來非常困難，香港似乎並沒有以翻譯文學作品的職業譯者，有足夠文學修養的兼職譯者則通常不會接長篇小說，國外作者的版權費一向不菲，這盤生意的算盤估計是打不響。《愛倫‧坡暗黑故事全集》，出版社是月之海，譯者曹明倫則來自中國大陸，準確點講應是四川省。這本書曾於 2013 年在中國大陸出版，出版機構是湖南文藝出版社。估計台灣的月之海買了這本書的版權，再於台灣出版繁體字版本，書展時流連至香港出版社的攤位，看這本書疊起的樣子，應該賣了一些。香港的出版社完全可以照搬這一套運作，但是似乎它們並沒有這樣的意願，原因或許是無利可圖吧，搞不好還要賠錢呢。

文學翻譯之純粹

我曾很有興趣翻譯 *The World of Suzie Wong*，這本小說到目前為止都還未有中文全譯本，在香港出版它的譯本別具意義。但是在沒有任何機構支持的情況下，以個人的名義來聯絡版權代理人非常費力，用電郵談了一輪，他們才說中

文版權賣給了大陸某個出版社。究竟是真相還是搪塞，還真不好說。後來我對文學翻譯的想法改變了，就沒有再追蹤下去，現在諸事纏身就更沒有時間和精力進行這個計劃了。或許在不久的將來，*The World of Suzie Wong* 這本香港的英文小說的第一個中文全譯本會在大陸出版，會翻譯成甚麼樣子，還真不好說。和朋友說起此事，他的回答很有代表性：「不需要翻譯，讀英文就好啦。」這幾年在香港工作和生活，我覺得香港人的英文程度並沒有想像中那麼高。況且，若是香港人可以靠讀英文原文或英譯本來代替文學翻譯，為甚麼書店還要設立幾個書架來賣台灣出版的外國文學中譯呢？那不是浪費昂貴的租金嗎？

從書展出來，頭昏腦脹地趕去坐巴士回屯門。書展好像為消費者虛構了一個文化空間，當回到充滿現實感的街道上，只落得一身沉重。在香港翻譯文學，往往就會有類似的虛幻感。翻譯時，譯者進入一段忘我的時間，和作者建立一種神秘的，甚至私密的聯繫，好好地「自嗨」一番。譯者停下來的時候，卻發現這段彷彿注射了興奮劑的時間和現實的空間毫無關係。在今天的香港，文學翻譯通常不會帶來像樣的報酬，甚至完全沒有報酬，聽說還有拖欠翻譯稿費的事

情；文學翻譯幾乎沒有出版的機會，即使出版，版稅也是杯水車薪，根本不可能成為糊口的差事。台灣和大陸的出版社要尋找譯者，通常近水樓台，偶爾互通有無，有時會在澳門搜刮葡文翻譯的人才，有時會在各自的海外譯者庫中選材，最近還興起了網上協作翻譯平台。在今天的香港，文學翻譯無名利可圖，文化政治勢力也不再大張旗鼓地涉足，但正因為如此，它是一件非常純粹的事情。在香港這個政治昏亂、商業掛帥的城市，純粹的事情並不多，值得我們好好珍惜。筆者一直在翻譯自己喜歡的文學作品，至於是否能出版成單行本，一切隨緣吧。缺席新書發佈會，缺席書店，缺席書展，並非甚麼大不了的事情。

寫於二〇一五年九月

城間行者——李歐梵的人文香港與公共寫作

吳國坤

都市漫遊者關注下的「人文香港」

李歐梵自 2004 年從哈佛大學榮休而重回香港任教和定居，已不想多作高深理論的學術文章，不在乎學術界的名聲，而更以一個「公眾知識分子」（public intellectual）的姿態，為各大報章及期刊（包括財經雜誌）撰文，從世界性的廣闊角度觀照香港和當代全球化文化大勢，出入於理論與文化感性，甚至乎剖析當代中國和香港的政經和城市發展，以其經院中的哲人學養，目光投射到香港資本主義社會的萬象世界，反思香港在全球化發展下面對的困境和出路。他近年活動已不限於單純學術或文學會議，舉凡有關電影、藝術、

建築、音樂等文化交流聚會，都會見到他的身影，為其所見所思，所言所感，發為文章，碩果豐盛，先後收錄並結集為《尋回香港文化》（2002）、《清水灣畔的臆語》（2004）、《又一城狂想曲》（2006）、《人文文本》（2009）、《人文今朝》（2011），此外還有英文專著，《世界之間的城市：我的香港》（*City Between Worlds: My Hong Kong*），哈佛大學出版社 2008 年出版（此書迄今還未有中文譯本，誠為可惜），以及《沉思：閱讀香港、中國和世界》（*Musings: Reading Hong Kong, China and the World*），2011 年出版，從世界文學的視野閱讀中西的文本。作為最後一屆香港書展的年度作家，於香港會議展覽中心舉行三場演講，分別為「游離於三個世界之間」、「從香港探世界：文學創作和文化理論」、「從世界視野重塑香港文化」。

李歐梵在《尋回香港文化》的導言中，作了一番幽默的自述：「最近幾年，我發現自己的中文文章有點精神分裂。我對於當代文化的關注，似乎已經超過學術研究的範圍，而想親身介入，用一種較主觀的文體作文化批評，所以學術的深度不足。但另一方面我似乎又不願意放棄學院中的文化理論，甚至在雜文中也引經據典，生怕學界同行以為我已淪落

江湖，做不了學者。」[1] 他謙稱文章略欠學術的深度，其實不然。他對美國學院中的文化研究（cultural studies）風尚，不以為然，往往主題理論先行，而且語言艱澀，認為早已走入象牙塔的死胡同，許多理論甚至與當代社會文化發展脫節，更難寄予發揮「啟蒙」（enlightenment）大眾的奢望。而置於香港這一複雜的文本，身處資本主義的全球化泛濫大潮和大中華國族認同的大勢的夾縫中，學院派的論述實不足為訓，因此老師要身體力行，「想親身介入」，在理性的層次上要加一番文化和歷史感性經驗，要實踐觀察，要掌握和分析細節，以「較主觀的文體作文化批評」，而雜文的文體就正好大派用場。

李歐梵早年對晚清民初副刊的研究，在學界已是開風氣之先，更是魯迅雜文的愛好者和專家，對香港的副刊文化更推崇備至，認為可以直追晚清民初的上海[2]。我想他一直關注「文化史」（cultural history）的發展脈絡，更着意通俗文藝

1　李歐梵：《尋回香港文化》（香港：牛津大學出版社，2002 年）。

2　李歐梵：〈香港副刊文化直追晚清民初〉，《尋回香港文化》，頁 153–155。

對大眾心靈和社會的啟迪作用。由此而來，他在香港不懈地在報章雜誌的「公共空間」(public sphere) 辛勤開墾，其港式雜文可謂與晚清民初的副刊遙相呼應。相較魯迅式的文筆有時咄咄逼人，甚或尖酸刻薄，他的香港雜文更覺是溫柔敦厚，情理並重，他不時又以「半個香港人」自詡，娓娓道來香港的故事，要為香港人打氣，但愛之深而責之切，有時又為香港政府不善加利用歷史和文化資源而大聲疾呼。他對人文空間念念不忘，輔以其都市情懷和中國情愫，以下我想跟大家分享雜文中有對「人文香港」的關切，還有作家以「都市漫遊者」(city flâneur) 自居的姿態，對香港都市處在世紀轉折中的觀察和批判。

以邊緣作為觀察香港的位置

〈香港文化的邊緣性初探〉一文 [3] 早在 1995 年初發表，其時今日流行的「香港文化研究」還在萌芽階段，李歐梵作為現代中國研究的專家，對香港在歷史上的文化邊緣位置，

3　李歐梵：〈香港文化的邊緣性初探〉，收錄在《尋回香港文化》，頁 169–181。

非但不予輕視，更相信大有可為，在當時（以至今天）的歐美學界真是異數。例如他認為香港的流行文化和商業電影中的懷舊片、神怪片和武俠片等，誇張失實的形式和故事背後仍然潛藏中國的文化因素，而其反諷、挪揄，甚至插科打諢的表達方法反能提供另類的「歷史想像」(historical imagination)。而自五四以來，中國知識分子的「鄉土中國」和國家心態，揮之不去。（魯迅當年更視南來香港為「畏途」）。他一向反對中國大陸知識分子的「中原心態」：「我認為中心心態的人容易唯我獨尊⋯⋯在思想模式上仍然是一元而非多元的。如以中原的心態來面對世界潮流，其論述模式極易形成中西對峙的二元論法，總是把中國和西方籠統化。」[4] 因而他相信人反而要處於不同文化之間的邊緣位置，才能領略多元文化的創造性，才可以立足世界，同時扎根本土。

---

4   李歐梵：〈香港文化的邊緣性初探〉，《尋回香港文化》，頁 178。

當年李歐梵的中國邊緣性文化視野，建基於香港和上海的都市通俗文化，締造上海—香港的「雙城記」論述。而對於香港回歸後人們常將滬港經濟發展作比較，他認為「目前香港人對上海的恐懼或嫉妒，或上海人自覺已經超越香港的自大自滿，都是不必要的心態。」[5] 因為城市的生機，還要看其「文化資產」（cultural heritage），而他覺得世上少有一個大城市的文化生活和經濟生活像香港一樣聯繫得如此緊密，香港在「文化資產」這方面仍然相當雄厚，只是沒有善加利用和發揮[6]。此外，香港還要急起直追，尋找另類的人文空間（例如牛棚書院），優化通才教育，以至文化政策，這都見於《尋回香港文化》的文章中。當今日有關香港和上海的研究已蔚然成風之際，他已建議大家要同時關注台北、新加坡、吉隆波、檳城等當代華人的都市文化，甚至提出對珠江三角洲的願景，對廣州、香港、澳門、深圳、珠海、東莞、佛山、中山等地方的新都市建設，有必要顧及鄉村和城市如何結合，歷史和文化足印如何保留等問題。他亦關注城市文

5　李歐梵：《尋回香港文化》，頁 xii。

6　李歐梵：〈尋回香港的文化資產 —— 為香港打打氣之一〉，《尋回香港文化》，頁 6。

化的保育問題，反對中國只高舉全球化的旗幟，在各個城市無止境蓋建美麗大樓和崇高建築，象徵西方資本主義和消費物慾的「超級現代主義」(super-modernism)並不可取。近年中國經濟因為過度開發而出現大量的「空城」或「鬼城」，可見問題之嚴重。近世都市化肆意地擴張，人欲漠視天理，令人擔憂，但他更關切文化的傳承，關鍵是如何把中國文化美學中的「田園模式」(pastoralism)用新的形態展現在城市之中。如何把珠江三角洲變成一個城鄉互動、多彩多姿、適宜人民居住的地方？[7]強調是城中有鄉，而不是一味地「城市化」(urbanization)，這才是中國走向都市文化的多元性、國際性和「世界主義」(cosmopolitanism)的康莊大道。

在〈香港文化定位：從國際大都市到世界主義〉一文中[8]，李歐梵提出香港文化面臨兩大危機：「一是香港本身的文化認同，即她到底要成為一個屬於中國而又有中國特色的海港大都市和金融中心，還是成為一個和中國各大都市

7　李歐梵：〈四個城市的故事〉，《信報月刊》，2011 年 11 月 1 日。

8　李歐梵：〈香港文化定位：從國際大都市到世界主義〉，《信報月刊》，2012 年 4 月 1 日。

—— 如北京、上海、廣州 —— 不盡相同而多元文化的國際
大都市？」而前者顯然並不可取，因為「從長遠的文化發展
而言，如此則香港遲早會被邊緣化，被內地各大都市超越，
而成為一個毫無特色的沿海城市，最多只不過和廣州差不
多，其前途端靠『大珠江三角洲』的國家重點計劃如何將之
整合。」至於後者，他心目中的「國際大都市」，並不單是
全球化經濟發展下的一元化經濟城市，而是更具有「世界主
義」(cosmopolitanism) 特色的多元文化都市。香港一方面面
臨政治與經濟要和中國融合的現實，另一方面全球化的勢力
更不可擋，香港人對自身地方探尋多元的文化空間並不容
易，但並非不可能。這可以分兩方面去思考：其一，一個具
備多元文化的國際大都市有何「地方文化」特色；其二，一
個具備多元文化視野和胸襟的國際都市人和「香港人」有何
模樣和特質？第一點可有較多的討論，第二點可能較抽象，
現在簡單闡述第一點。

念念不忘香港的都市日常生活文化

李歐梵最擔心是香港跟隨全球化的發展路向，最終變為
一個只有環球同質性而失卻地方特質的「通屬都市」(generic

city）。「通屬都市」的概念來自名建築師庫哈斯（Rem Koolhaas）的名文，用來形容近年在亞洲冒起的新都市模式（例如新加坡、曼谷、吉隆坡、孟買，而西方以洛杉磯為例），特色是一切都市建設是毫無地方特色的高架公路、鐵路、摩天大樓、新機場、酒店、商場和娛樂場所，兼容並有之餘，目的是招待來自全球的商賈、才俊和遊客，以增加城市在環球的經濟競爭力，至於這些城市的地方文化和歷史，並不重要，或少許的地方文物保存也是為招徠旅客之用[9]。他明白香港人對於歷史的健忘也許是事實，但不希望香港因此就發展成為一個名副其實的國際「通屬都市」，認為香港跟上海相似，有一段殖民或半殖民的歷史，過去的陰影其實有助發展城市的地方文化和集體記憶，製造出一種文化身份與驕傲。他以上海「新天地」為例，它是結合三十年代上海的里弄空間和中共「一大」會址而略帶懷舊氣息的新都市空間（當然這種新興的消費文化亦為人詬病）[10]。其實香港擁有豐富多彩的日常生活文化資產，但對文物保護和歷史記憶並

9　李歐梵：〈香港要走出上海的陰影 —— 為香港打打氣之三〉，《尋回香港文化》，頁 16–20。

10　李歐梵：〈「雙城記」的文化記憶 —— 為香港打打氣之二〉，《尋回香港文化》，頁 11–15。

不予重視，更大危機是城市的活力正被地產商，大商賈和政府的高地價政策蠶食，而政府的官僚體制亦容易桎梏民間的文藝文化發展活動[11]。

香港回歸以後，李歐梵大部分時間定居香港，講學、交友（尤其喜愛與年輕一輩交流，扶掖後進）和參與不同的文化活動，對香港的都市文化和香港人生活形態有更深切體會，不會像一些外國或大陸的學人一般高調或抽空地評論香港大勢（甚至不屑認為香港已沒有任何值得討論和研究的地方，或許經濟上還有些少「剩餘價值」罷）。因為他念念不忘的是都市日常生活，還可待塑造的人文空間，還可能挽回的文化記憶。從浪漫回歸現實，有些香港人或早已感到無奈和迷惘，但李歐梵仍堅持他的世故和天真，將香港以「我城」（My City）自居，令人想起西西的《我城》。他心目中的「我城」，應是具有公民參與的民主社會，同時具備國際性的文化視野，並可作為中國未來城市發展的階模。（對公共建築和城市歷史的關懷，也呼應近年香港冒起的公民

11　李歐梵：〈世故以後還有創意嗎？—— 為香港打打氣之四〉，《尋回香港文化》，頁 21–25。

參與文化保育運動，例如保衛皇后碼頭）。《人文文本》中，但見老師的興趣已旁及關於建築和城市記憶、人文空間和城市中國等問題，尤其關注中國城市的「公共空間」（public space），關鍵是公民如何參與城市發展：「我城為誰而建？」（For whom the city is built？）[12]。他以易卜生名劇《建築巨匠》（*The Master Builder*）和艾安蘭德（Ayn Rand）的小說《源頭》（*The Fountain Head*）為譬喻，說明二十世紀建築師已被抬高至神級地位，當下還愈演愈烈，而當代中國各大城市競相擴建翻新，各國建築「大師」頓成為「太上皇」（例如庫哈斯設計建於北京的中國中央電視台（CCTV）大廈），當外國建築師與中國政府豪花國庫本錢，合作無間，試問又有多少人真正懂得或想了解中國文化？外國建築師真正了解中國社會和人民的生活嗎[13]？

---

12 對城市人文建築的看法，見〈田園大都會 —— 人文建築的願景〉，《人文今朝》（香港：牛津大學出版社，2011 年），頁 127–148。

13 〈建築變遷與時代變遷〉，《人文文本》（香港：牛津大學出版社，2009 年），頁 10–13。

另一邊廂，李歐梵感嘆香港的建築太過為政府或大地產商和資本家服務，建築師鮮有發揮個人創意的空間，又變得太過循規蹈矩。在《又一城狂想曲》中，他以又一城作為起點，反思資本主義和香港發展極致的商場文化，以班雅明（Walter Benjamin）於十九世紀在巴黎對「拱廊」（Arcades）的觀察和反思，索性與班雅明進行一場「對話式的想像」（dialogic imagination），以歐洲十九世紀的資本主義發展對照今日香港的商場現實情況，反證全球化資本主義在亞洲的後續發展。的確，在高度資本主義催生下的又一城現代「拱廊」，其迷宮式的空間佈置真是青出於藍，處處以消費者慾望為依歸（包括大批從中國大陸乘鐵路直接來港的旅客）；但資本主義的創意，只服膺消費主義，漠視文化和人文空間；他擔心香港的公共空間被日漸偌大商場和消費文化吞併，動感之都變成慾望之都。因而他大聲疾呼，認為建築物應該從文化「肌理」（英文可譯作 texture 或 fabric）入手，而非建築師個人的權力慾或自大（ego）的表現，甚或是政府和大商家的操控和設計。他希望建築和空間應在構思上處處和文化和歷史的記憶連成一體，不能過分注重功能，而忽略形式和公民參與。在西九龍文娛區的意見上，他甚至呼籲建築應由各地產商捐獻，並請本地和國際建築師參建，

為香港建立一個有真正品味的國際形象，不應再把文化區變成另一個地產豪宅項目[14]。

李歐梵並不完全抗拒香港的資本主義和「動感」生活，而寧願取香港的「逼」與「動」而多於新加坡的長官式城市規劃，甚至覺得近年上海鋪天蓋地的擴建工程已失昔日人氣，更享受今日台北的老式人情味（看來更像今日香港年輕人，喜歡台灣的另類生活）。他分析説，香港這個都市仍能保持一種高度的「動感」，難能可貴，問題是如何把這種「動感」融入整個都市的「肌理」之中。「我心目中的都市文化絕非高雅式的陽春白雪，而是雅俗早已熔為一爐的日常生活文化。」[15] 如何把香港這個城市的「肌理」重新織造？這不是功能主義或功利主義可以解決的問題，也不是把興建新樓和古蹟保育作某種百分比或作某種程序考核可以解決的問題。「肌理」猶如人的身體，除了骨骼之外還有肌肉。「肌理」又不只是指身體，而更重要的是文化。對一個城市的「實

14　〈世故與天真〉，《又一城狂想曲》（香港：牛津大學出版社，2006 年），頁 87。

15　〈滬港台都市文化與公共空間〉，《人文文本》，頁 15。

際肌理」，他有一個不成文的理論：除了本地市民生活的豐富性，和一種如家之感外，也應該讓外來遊客有一種賓至如歸的感覺（例子有阿姆斯特丹、聖彼德堡、巴塞隆那、檳城、馬六甲和京都等），甚至能勾勒出另一種地方的集體回憶——這就牽涉到關於建築、文學、電影、音樂和藝術的文化範疇。只有文化肌理才能完滿織造城市底氣，創造一個宜居的城市。

以港人自居的香港情懷

受到班雅明的啟悟（或受到又一城經驗的刺激），李歐梵曾經和一眾文化人和市民到港島的舊社區「行街」，作都市漫遊人，體味香港的街坊文化，抨擊官僚體制和無情的長官意志何以扼殺社區生活和地方歷史，又以灣仔區歷史悠久的「印刷街」和「喜帖街」為例，向班雅明訴說：「如此下去，我們將會生活在一個荒謬的『美麗新世界』中：到處都是大同小異的高樓大廈，不出門就可以遊遍世界。」[16]（近日側聞更有人提議要拆去中區的電車服務，如此香港的本

16　《又一城狂想曲》，頁 12。

土風味將喪失殆盡。）行者無疆，李歐梵這十多年的香港研究，我看是一步一步的行走過來，英文專著《世界之間的城市：我的香港》其實就用上漫遊人的行走策略 [17]。全書以八章篇幅以劃分其文化史勘察之旅，包括香港島的維多利亞城、中區、灣仔、太平山、九龍半島和新界，最後二章縷述香港的生活方式和當今複雜的中港關係。聽聞當日出版商只想他寫一本方便大眾認識香港的遊記，放在各大機場的書架上，供旅客閱讀。但他一路研究下來，把本來普通的遊記塑造成一本有關香港文化史和都市地理文化（cultural geography）的專書，以一個遊者的敍事角度，交代每一個都市角落隱沒而豐富的殖民地歷史記憶，也涵蓋回歸後香港有關西九龍文化區、保衛天星碼頭和龍應台的「中環價值」論等；而他通過歷史軼聞（例如張保仔）、小說、電影和建築（例如已清拆的九龍城寨）重新考掘與建構香港的「文化資產」，不諱言我們要重新認識以往一段英殖歷史，包括許多至今已無人認識的英國殖民地官員、大使、旅港的西方作家和大陸南來作家的遭遇，歷史如 1967 年的暴動事件等等，重新織造

17　Leo Ou-fan Lee, *City Between Worlds: My Hong Kong*（Cambridge, Mass.: Harvard University Press, 2008）.

都市的歷史文化肌理，而只有不會遺忘自己過去身份和歷史的地方，才可以成為具有國際視野的「我們的城市」和「世界的城市」[18]。

李歐梵提出的人文主義、文化身份和歷史回憶，如何可以成為靈丹妙藥？有待讀者們好好咀嚼，思考，亦要好好思索剛才還未開解的第二個問題：一個具備多元文化視野和胸襟的都市人是何等模樣和有何特質？他提出其「世界主義」，而一個具有世界公民特質的人理應懂得求同存異，尊重文化多元性，而關鍵又在於提升人文和文化素質，使人對「陌生人」和「他者」要有包容和了解的能耐。以下想引用他的一段說話，讓我們好好考量：

> 最近我正在看一本書，是一位哲學家寫的，阿丕亞（Kwame Anthony Appiah）生於非洲的加納，在英國受教育，學成後到美國名校哈佛及普林斯頓任教，他的一本著作 *Cosmopolitanism：Ethics in a World of Strangers*

18　關於此英文書的中文書評，見陳明銶：〈立足此時此地，宏觀過去未來〉，《信報月刊》，2013 年 2 月 1 日，頁 148–150。

（2006）[19]。副標題特別值得注意：這本書不只是描述當今全球化的文化現象，而是討論一個道德倫理問題，那就是我們對於「陌生人」（或「他者」）是否有責任。他認為 cosmopolitanism 的觀念有兩個面向。一個是對於不屬於自己的國家、文化和種族的他人應該有責任或義務，因為我們都是生活在這個地球上的心。換言之，這是一種屬於全球化影響下的普世價值「問題」；另一個取向是「世界主義」必須對於其他人種和文化有真正興趣，因此要尊重差異。即是說，「世界人」必是多元主義者，不相信世界只有一種真理，更不唯我獨尊。阿丕亞也承認這兩者之間有時會發生衝突，但顯然他的關注點在於前者，該書最後一章的標題是「對陌生人的慈善」（Kindness to Strangers），可見其端倪，他認為只談「包容」和「諒解」已經不夠。[20]

19　筆者按：Kwame Anthony Appiah, *Cosmopolitanism: Ethics in a World of Strangers*（New York: W.W. Norton & Co., 2006）.

20　〈香港文化定位：從國際大都市到世界主義〉，《信報月刊》，2012 年 4 月 1 日。

面對近年香港人和內地人的深切矛盾，互不相讓，出言不遜，戲謔無度，香港面臨一個精神和文化危機，李歐梵既以港人自居，又向港人互勉，認為香港人對作為「鄉人」/「港人」、「國人」和「世界人」，必須三者俱備。從九七回歸前引發的懷舊潮到二十一世紀初香港面對國族和世界文化認同的危機，他一直緊貼香港人的世俗生活，過平常日子，又嘗試抽離地以其文化涵養，為香港人前路而思慮，不離不棄。

第四輯

文獎是一場有今生
無來世的作業？

每年各大文學獎結果公佈後，皆惹來大
眾爭議紛紛，成為文壇的迷思。設立文
學獎，無非為推動文學發展，嘉許出色
的作家，培養讀者的審美和品味；可是
大眾貪求的不過是容易「入口」的淺靡、
輕俗快感的娛樂、消費和消閒的慰藉。
回顧本地的文學獎變遷，笑談之間，從
種種風波說起，會否有助我們為評選機
制、評選準則、透明度、文學獎作用把
把脈？

從獲獎到評審
——吳美筠、劉偉成笑看文獎風雲

王貝愉

　　在咖啡館裏談文藝，在場有同是香港文學評論學會主席及香港藝術發展局前委員兼文學組主席的吳美筠博士，以及第十三屆雙年獎詩獎得主劉偉成，主持是港大保良社區書院講師馬世豪。我城數得到的文獎包括青年文學獎（下稱青獎）、中文文學創作獎、中文文學雙年獎（下稱雙年獎），以及香港書獎等。其中兩年一度的中文文學雙年獎，在香港文壇更是舉足輕重。邀請第十三屆詩獎得主劉偉成，與第一屆詩獎推薦獎得主吳美筠對談，這個組合，可說得上是「貫頭徹尾」理解香港文獎的前世今生。從兩人身上迥異的經歷，體現文獎對作家創作歷程的影響，繼而聽取二人的評審經驗，或許可理清頭緒，進入更深的文學討論。

吳美筠回憶，七、八十年代香港文獎之初，最矚目為青年文學獎，另有「大姆指詩獎」、中學生徵文獎等寄生於文學雜誌的獎項，在當時的確有助推動文學創作。靜坐旁邊的詩人劉偉成，手執數本珍藏文集，追溯至六十年代的徵文活動，早如《中國學生周報》等，比青獎更早帶動創作風潮。甚至在五十年代，連熱水壺公司也辦過徵文比賽，請來名家錢穆等人作評審。文社或報紙雜誌亦有舉辦徵文比賽，招徠作者投稿，令媒體內容開始與外界有所溝通，豐富內容。

　　談回今天，吳美筠提出第一個詰問：「時至今日，文獎雖比以前多，但其實可以做得更好嗎？因為文獎已追不上現今文學的蓬勃發展。」她回想早期雙年獎年代，詩集和文學著作少之又少，而現在文學出版的數量和質量與日俱增，兩年一次的文獎，明顯不足。獎項種類和舉辦機構也顯得單一，以藝發局和圖書館為主導，如她所說：「缺乏由民間發起、不同類型、不同氣質的獎項」。

青獎之下的文藝生活

文獎於創作者而言，可以有多大影響，有否達到文獎的初衷？對於劉偉成而言，文獎似乎超越了一個獎項的意義。他回想自己與文學的關係，最初僅是喜歡「談文說藝」。當時他就讀聖保羅書院，愛看青年文學獎得獎文集，追讀散文、小說和新詩。為了買回缺屆的青年文學獎得獎文集，他按圖索驥，也因近水樓台，尋到位處香港大學的青年文學獎協會。對當年尚穿着中學生校服的他來說，這個拜訪經歷，猶如「奇景」。當時學生幹事為辦文獎週，需通宵排隊預約地方，而劉偉成到來後甚至走入其中幫忙排隊，由此結下緣份。

自此他成為青年文學獎協會常客，甚至連會室中的留言冊也讀得如獲至寶，發覺「易一字重千斤」，對文字敏感度由此而增。他早期讀過得獎詩如第六屆《觀世音》、第七屆《捕鯨人》等。新詩長達 200 行，對只讀教科書裏的新詩的中三學生而言，無比震撼。他原以為詩該是輕如「輕輕的我走了」，才驚覺敍事詩可以這樣氣勢磅礡和宏偉，「於是有了仰望的目標」。升中六那年，他終由理科轉修文科，更轉

到王良和老師任教的學校就讀，正式接受文學訓練，他笑言那是個練武功的過程。同年，他參賽第十七屆青獎，憑着新詩《剪》和散文《搭棚者》，取得雙連冠。他謙虛地説，這是對他很大的鼓勵，而得獎詩作是對王老師《柚燈》的仿擬轉化，以詩化文字講述如何破除生活上的隔膜。

文獎對某些作者而言，可能只是某刻的得獎經驗，但對於劉偉成，是較深長的文藝生活的沉浸。他回憶：「青獎背後承托的，可説是整個文藝生活，文獎是我記憶的重要部分。文藝生活需要厚實的鋪墊，才能發展深入。」或許回味當時文青生活，比他得獎所嚐到的更甜。

文藝的冰河時期

劉偉成在青獎的沉浸中成長，但吳美筠經歷的，卻是甘苦在前。她一語道破現今香港文壇，處處強調本土文學的「缺稀性」，「文學似乎罕有且無人重視，卻更將文學推至邊緣，以此才能顯伸出文學的市場價值，但同時也彷彿否定了讀者和作者建立的溝通」。但原來真正的缺稀，不在現今，而在二十多年前甚至更早。

她最初開始讀現代詩，還沒有任何系統，自行研讀翱魂、戴望舒和穆旦等人的作品。那年，她的詩集《我們是那麼接近》參與首屆中文文學雙年獎（1989-1990），和吳呂南的《乞靈再集》同獲推薦獎，但第一屆的新詩首獎，卻突兀懸空。吳美筠坦然剖白：「我花了十年時間去消化，當時無法理解，為何正獎不可頒給兩人，或無論如何頒予一個？」她在意的不是輸贏，而是第一屆文獎在當時的意義：「為何正獎要懸空？第一屆開山劈石，在一個沒有鼓勵的情況下，失去獎項，很容易令人退縮。」幸而她倔強堅持，那段日子，才是香港文壇真正的冰河時期。在此之前只有青年文學獎，並無獎金或其他資助、絕少發表渠道、報章減版詩刊停印。她得到第一屆雙年獎的推薦獎，連一紙證書也無，得獎者在頒獎禮上只獲點名，「對一個青年來說，那實在是很突兀，很無狀」。

更甚者是，多年之後她才發現，當時參賽要面對的評審歷屆最多，足足有六位，三分之一來自當時在台灣文壇的楊牧、鄭愁予和葉維廉。以台灣眼光去評審香港的本土詩作，本就是個難題，她難以置信：「要如何得到他們的垂青？」而後來，吳美筠再讀到葉維廉30年後撰文回憶。葉維廉的

文章指出，第一屆雙年獎參賽新詩著作其實不少，惟有「現代詩的語言自覺」的作者絕無僅有，唯吳美筠是其中少數有此語言自覺的詩人。吳美筠苦笑道：「這個評語，足足遲了幾十年。」

當時市面詩集的確寥寥可數，詩人如她都要自掏荷包，揹着詩集去書店求賣。怎料書店拒收，只讓她六折寄賣，能賣多少得多少。她欲放下十本，店主卻着她留下五本便夠，叫她個多月後回來再取，還冷冷補上一句：「都無人買的。」這個畫面，她深印腦海，而始萌生使命感。「自此以後，我不想再有年輕人要面對這樣的艱辛。」

年輕人被踢出門口，這種經歷，劉偉成語重心長地說，也未嘗不是一件好事。吳美筠如今也笑着認同，但現在她擔任評審，修正自己過往的想法，決意不再讓獎項懸空，寧讓獎項歸予最高分的參賽者。她想，既然獎項已設立了，那為何不頒？「一個獎的設立，到底是為主辦機構的名聲，還是為了推動獎項背後事件的價值？如果是文學獎，那一定跟推動及承認文學價值有關。」

而經過十年的沉澱消化，眼前的吳美筠鐵錚錚地道：「要繼續為文學努力，文學有價，無論得獎與否，都值得我花一生去做。沒有良好的機制和視野，會扼殺很多人的成長。我是能夠衝出去的一個，衝出去雖是起步維艱，但我再也不想見到一個又一個的起步維艱。」她盼十年二十年後，無論何人，寫的詩好或不好，只要他繼續寫下去，都是值得的。

別過於執着文獎

　　最初，文獎設立，僅是單純為了鼓勵創作者。但時至今天，得獎氣氛似乎已不如往日。吳美筠觀察到，現今文壇對得獎作品的爭論沸揚，有部分人太倚重文獎機制，過於執着得失，而她特別欣賞村上春樹的心態。村上早期得到新人作家獎，卻始終失落「芥川獎」，讀者為他不值。村上卻有另一種看法：「對一個真正的作家來說，有幾件是比文學獎更加重要的事，其中一件是自己正在生產有意義的東西的手感。」手感是指他真覺得自己在寫作，另一點他更珍惜的是「擁有真正正當評價自己作品意義的讀者，人數多少不拘」，這是作家的自我認同感。

說回詩人劉偉成，他自言參賽作品也曾多次投籃，失望總少不免。但他始終視文獎為一個園地，讓他知道同年代的人有這樣的創作，加以學習和借鏡。他說起王良和老師的教誨：「成熟，就是從你真心欣賞對手開始。」

「文獎體」爭議

香港文獎的發展，漸漸由青獎到雙年獎，似有軌跡一級一級攀沿而上，甚至由得獎者變成評審，有指會衍生成一種針對獎項、評審口味而寫成的「文獎體」。吳美筠認為這甚至涉及一種文學社會學，即文學的合法性，「可能會形成某種文風或詩風，排拒另一種比較前衛、實驗、嘗試的風格」。劉、吳二人討論之下，也覺得這值得思考。特別是，劉偉成奪得今屆雙年獎的詩集《陽光棧道有多寬》，也被質疑是「文獎體」，但他只淡然回應：「這本詩集我已寫了七年，如有心攞獎，早已出版了。」他沒有在意獎項，只為寫自己的作品，「每一首都是有感而發的詩」。或許他學生時代為了幫補學費，也曾為獎項而創作，但現在對詩人來說，創作再無任何預謀或計劃，所以獎項也來得特別難能可貴。

評審過程的隨機性

即使二人現在身兼評審角色，卻也不忘深思：「文學獎是否把文學價值呈現的唯一途徑？」評審過程可說是旁觀者迷、當局者清，討論的本身就是一場戰役。劉偉成已意識到，作品得獎，可能是因緣際會，評審在某個時刻，提出某個重點，而某一作品也達到要求，便會備受重視。評審間意見可以南轅北轍，有時更需據理力爭，更多時會有妥協場面。於是，無論評審機制有多少規限，始終存在着隨機性，所以劉偉成反問：「世上有何種評審或評審機制，是絕對公平？」

而吳美筠亦提出一點——香港現今文學發展的成熟程度，是否已「夠格」去面對透明機制，將評審的過程如會議紀錄公開？她指出，在評審會裏，聲音眾多，外界以為某一評審只鍾情某一風格，然而事實上可能只是少數服從多數。又或面對太尖峰太個性化的作品時，喜惡變得兩極，投票之下，變成獲得平均分數較高者勝出，但不代表富開創性的作品就該被忽視。賽果始終未能反映所有細節，於是吳美筠認為，透明的討論顯得額外重要，特別是對於作品較為實驗或

先鋒的創作者而言，作品能夠在某個評審的討論和堅持當中，得到認同，而這個觸動點足以令一個創作者有與別不同的成長。

同時，這對評審也是一種挑戰，評審的評論和理據將要面對公眾，文責自負，亦可自我檢討甚至改進。當然，主辦者或許會怕因此惹來更多風波，但她認為，公眾對賽果有意見，不代表比賽辦得不好，「難道連讓人『鬧』的機會都無？」當然不一定要責罵聲，但至少受到關注。她舉台灣《文訊》的「2001-2015 華文長篇小說」賽果為例，會議紀錄在雜誌中刊登出來。其中有人疑惑也斯的入圍小說《後殖民食物愛情》是否長篇小說，而在討論過程中有評審找到支持理據，得出更深刻的文學討論。作為一個評論人，她不恐懼爭論，但拒絕無質素的爭論。為此她強調要培養抽離角度，提到村上春樹堅持不當評審 —— 他自覺無法勝任。這可說是一個作家的自覺。村上的小說風格強烈，他自認「我是一個太過於個人的人」，有固有視角、個人觀念很強。於是，自己的尺度適合自己，卻未必適合用以衡量其他作家，所以村上將評審邀請一一婉拒，但他也不否定有作家能同時兼顧創作和評論。至於劉偉成也有他的堅持，盡量將評語寫得詳

細，知道這對參賽者自身成長有重要意義。

　　回到本源，在吳美筠心中，唐、宋、清朝是中國文學最輝煌的時期，不同派別得以並存。而清代更是中國文學演變的豐收期，香港有潛質，也有政治條件，繼承這個文學豐收，文化和藝術發展可更趨成熟。由劉偉成的默默耕耘，至吳美筠對文壇成長的着緊，顯示香港文學或香港文學評論並非身處暗角。的確還有不少人咬緊牙關為此抱打不平，文壇並不沉寂，也不願塵埃落定，至少各種聲音都將繼續眾聲喧嘩。

評審者被評審，且看評審機制可以怎變——從雙年獎風波說起

鍾國強

文學獎風波擾攘

過去二十多年，曾先後擔任過多屆青年文學獎、中文文學創作獎、大學文學獎等比賽的新詩組評審，一直都沒有遇上很大的爭議。但第十三屆首次受邀出任香港中文文學雙年獎[1]（以下簡稱雙年獎）新詩組的評審，風波便來了。

---

1 香港中文文學雙年獎由香港公共圖書館於 1991 年設立，據官方網站的說明，「宗旨為表揚本地文學作家的傑出成就，同時推動出版商出版優秀文學作品」。目前已辦至第十三屆。

我早從歷史上知道這個可能是此城最重要的文學獎曾經引起過一些公開的和異常激烈的爭議，最著者便是第四屆小說組得主《狂城亂馬》（作者為「心猿」）被懷疑屬於化名參賽，而作為評審之一的也斯在此事上也被質疑涉及身份利益衝突和個人誠信的問題[2]。但這類事件畢竟十分罕見，隨後再也沒有發生過同樣嚴重的事情。很多時，雙年獎之所以還能

2　《一九九七年香港文學年鑑》（蔡敦祺主編，1999 年 3 月出版）對這場風波有詳細記載，其中有關評審機制的問題有此說法：「這場風波之所以會發生，與雙年獎評審過程缺乏足夠的透明度、與評審機制缺乏足夠的制衡都有莫大的關係；否則，就不致引致『心猿就是也斯』、『評判給自己頒獎』等等議論。」梁文道當年也對雙年獎的做法有所批評：「這個雙年獎有其神秘傳統。非但評審討論過程不會公開，個別評審意見也沒有見諸文字向外公佈，我們市民更且連入決選階段的名字亦不可得知。」（見〈一樁不容忽視的文學公案〉，《明報》世紀版，1997 年 12 月 11 日。）另外，當時直接質疑也斯角色的還有不少，例如黎健強在《信報》文化版的言論：「也斯是獎項的評審之一，假如他真是心猿，那麼在審選過程之中他扮演的角色，會直接影響整個獎項的公平性和公信力，以及他個人的信譽和社會道義，都是不可以含糊草草的重要問題。」（見〈也斯是不是心猿？〉，《信報》文化版，1997 年 12 月 25 日）；同日《信報》文化版刊出《狂城亂馬》編輯黃淑嫻的文章〈也斯不是心猿〉，斬釘截鐵地指出「也斯先生絕對不是心猿」。此事後來不了了之。直至也斯 2013 年離世，葉輝才在《明報》撰文證實：「請原諒我魯莽一次，代你承認：《狂城亂馬》的作者心猿就是也斯。」（見〈最好的永不，永不的最好——給也斯〉，《明報》，2013 年 1 月 14 日。）

引起此城文學小眾圈的一時漣漪，往往只是由於此獎屬於先天的「開名」制而引發的、幾乎屆屆均不可免的是非，但一輪擾攘過後，便大多歸於我們習慣已久的沉寂。

然而第十三屆雙年獎，情況好像有點不一樣。當結果公佈後，網上出現比過去更多的冷嘲熱議，或明或暗地指說賽果不公。其中，以新詩組受到的抨擊最多：有人說評審須公開交代一些對於他們來說極其優秀的參賽作品落選的原因；有人說這屆的評審組合出現「傾斜」情況；有人說某落選作品若出自「著名大家」之手，不會連決審也進不了；有人發出「同年的三個最大型文學獎由同樣的人物來擔任評審，這確是相當大的考驗」的擔憂（或諷刺）……林林總總，歸根究底，不外是對這屆新詩組評審的不信任，對他們的品味、眼光，甚或誠信的不信任，或更正確點說，是對現行機制產生出來的評審組合和評審過程的不信任。

我只是新詩組的五位評審之一，沒資格、不可能，也無必要代表全體新詩組評審說話，而大家若對機制的產生、選擇評審的標準、評審過程等方面不信任，或有任何質疑，也不是個別評審須要負責和辯解的範疇 —— 這個應向主辦

者問責；而常識是：在評審之列，不代表完全認同或有責任捍衛現行的評審機制。因此，面對羣起的批評，我只是希望批評者能拿出更多事實的根據，比如說，說今屆的評審有所「傾斜」，這個指控相當嚴重，批評者能不能拿出實質的證據來呢？至少，也要提出一些引起懷疑的表面證據來以便大家可以進行有基礎的討論，以免陷於各說各話的口水之戰；至於要求評審立即交代部分作品落選的原因，則似乎有點不合情理，因為評審紀錄和相關評語在當時還未公開（現行雙年獎的情況是在頒獎禮當天才公開），其實可待公開後細看有關評語才作批評不遲，而且文學獎一般做法不可能對所有作品都作出評語，所以這種要求也似乎強主辦者或評審所難。

評審如何產生，組合有否「傾斜」？

或許，關於評審的問題或對評審的種種質疑，我們還是先回到問題的根本：到底，我們的文學獎評審及其機制是如何產生出來的呢？

就以雙年獎來說，我們在其宣傳單張及官方印刷品上，都沒有看到有關選擇評審的準則。中文文學創作獎則在參加表格上的「評審委員」項下寫上「評審委員將由本港知名學者、作家、評論家、教育工作者及插畫家擔任」，籠統得好像沒寫一樣。本地民間舉辦的文學獎，也鮮有標明選擇評審的準則，即使歷史最悠久的青年文學獎，很多年前也曾有過關於選擇評審的爭議，批評青獎在徵文宗旨上標舉「從生活出發」，為甚麼選擇評審方面卻與此背道而馳。可見選擇評審的標準，無論是官辦或民辦，從來若不是乾脆不說，便是含糊其辭。

不過，若細看歷屆的評審名單，或可看出一些挑選評審的做法傾向以及可能的潛規則來。現以雙年獎新詩組為例：

一、跟中文文學創作獎一樣，評審數目為五人[3]，比青年文學獎、大學文學獎等民辦文學獎一般以三人為主多了兩人（例外的是辦了三屆的李聖華現代詩青年獎，可能因資源較多的關係）。五人與三人均為奇數，當評審有不同意見時

3　偶或出現六人情況，如第一屆雙年獎、2004 年中文文學創作獎。

可憑多數意向決定結果。而評審的人數越多，越難因個人主觀因素而左右賽果。

二、官辦的文學獎，在選擇評審方面看來偏向保守、謹慎和因循。名單上看到的，大多是熟悉的、並已在其他文學獎比賽中累積了多年經驗的名字。換句話說，他們的資歷、能力、名氣等對主辦者來說，已經是「被證明」的，出錯和遭人抨擊的機會較小——不出錯對官方說，其重要性是不言而喻的。

三、主辦者累積了多年經驗，期間也可能曾有評審和顧問進言，所以一些或因水平不合，或因過去曾在評審會議上有不愉快事件發生的人，便可能不會再在受邀請之列。

四、即使評審名單偏向保守，但看來也還是照顧到某種平衡，在詩風和美學取向上，在來自學院或民間方面，不會完全一面倒（當然在比例上或有可斟酌的空間，而且肯定不能完全照顧到各方面的要求或期望），在歷屆評審會議紀錄上，也多少可以看到評審間因不同詩觀和美學觀而來的角力，而歷年選出的得獎名單，也多少見證到這點。

五、雙年獎有海外評審之設，每屆一人（早幾屆或有二人），用意大概是加入一些客觀元素，減少因評審認識參賽者而引起的主觀因素左右，並期望能以一種其他華語地區甚至世界的角度來為文學獎增加評比座標，擴闊視野。

六、獲雙年獎的作家，下屆不成文地成為評審之一，但也不是一定，以過去十屆為例，比率大概是一半一半，原因不詳，但也須知道受邀請者不一定會接受邀請（原因可以很多，有評審便曾透露因不喜歡雙年獎屬開名制度、很多評審未評先有屬意作品的情況而拒絕再出任），其作品將會參加該組雙年獎競逐的，於賽例亦不能出任評審。

十三屆的雙年獎，有人批評說評審有所「傾斜」，言下之意是因此之故，今屆出現了有所傾側、並不公允的賽果。為了避免光憑記憶或印象而有先入為主的看法，我曾到中央圖書館的香港文學資料室，抄下了歷屆雙年獎新詩組的評審名單[4]（旁及得獎者）：

---

[4] 第四屆至第十三屆的資料來自館藏的歷屆《評審意見輯要》，第一至第三屆的資料，則來自其他途徑。

屆別	評審	總評撰寫人	雙年獎	推薦獎
第一屆	古兆申、 蔡炎培、 羈魂、 戴天、 鄭愁予、 葉維廉	資料不詳	從缺	乞靈、 吳美筠
第二屆	也斯、 蔡炎培、 楊牧、 黃國彬、 謝冕	資料不詳	王良和	從缺
第三屆	古兆申、 蔡炎培、 楊牧、 戴天、 楊匡漢	資料不詳	俞風	從缺

第四屆	王良和、黃國彬、楊牧、蔡炎培、羈魂	沒有總評	梁秉鈞、何福仁	從缺
第五屆	古兆申、余光中、何福仁、羈魂、黃國彬	余光中	飲江、胡燕青	從缺
第六屆	王良和、崑南、羈魂、葉輝、鍾玲	鍾玲	陳汗	游靜、鍾國強
第七屆	王良和、胡燕青、葉輝、瘂弦、戴天	瘂弦	關夢南	鍾國強、林幸謙

第八屆	王良和、 余光中、 崑南、 關夢南、 羈魂	王良和	鍾國強	蔡炎培、 陳德錦
第九屆	何福仁、 瘂弦、 葉輝、 蔡炎培、 羈魂	葉輝 〈詩與奇蹟〉	洛楓、 崑南	胡燕青、 黃茂林
第十屆	何福仁、 胡燕青、 張錯、 黃國彬、 羈魂	張錯 〈一則以喜， 一則以憂〉	廖偉棠	陳滅、 鄭政恆
第十一屆	何福仁、 羈魂、 胡燕青、 陳義芝、 鄭培凱	鄭培凱	鯨鯨 （葉輝）	洛謀、 陳麗娟

第十二屆	王良和、胡國賢、楊澤、葉輝、鄭培凱	鄭培凱	鍾國強	呂永佳
第十三屆	王良和、胡燕青、鄭培凱、鍾玲、鍾國強	王良和	劉偉成	關天林

　　由於批評者沒有明確指出所謂「傾斜」是向甚麼方面「傾斜」，所以我只能在此大膽推測幾個可能性：一是詩觀或美學觀的傾斜，二是評審背景（如所教學院、所屬門派等）的傾斜，三是人脈網絡的傾斜。

　　若是指這三種傾斜，大家當然可以各自從今屆的評審名單中找答案，並以之支持自己的指控。但我在此也想提出幾點供大家參考：

一、即如之前指出，評審組合其實暗藏一種平衡，若大家有出席今屆的雙年獎研討會（決審前一天舉行，由五位評審主講對詩的看法），便會知道今屆評審的詩觀和口味其實有相當大的差異；但也不必諱言，無論任何一種平衡都肯定會有所欠缺，即使評審增至七人、九人，也不能容納所有不同的詩觀和口味，並達致一個大家均沒有異議的比例。

二、即使詩觀看似差不多的評審，也會有不少差異；而且，看似抱持某一種詩觀的評審，不見得一定不會欣賞另一種詩觀的作品。評審也如批評者一樣，首先是人，有自己獨立的人格和看法。將評審歸類分派，或認為他們會很容易受其他評審影響，其實是很武斷的做法。

三、若執持說相同學院出身，或份屬同門或師生關係等等很大可能會令評審有所傾斜，則我也可同時指出一個事實：有屬於這種情況的參賽作品並沒有因此得益，反而落選了。我也曾在中文文學創作獎的決審會議上聽過一位評審說，若知道參賽的是自己學生的作品，反而有可能會評得更苛刻。

四、人脈關係的忖測一如陰謀論，很難有甚麼結論。評審若被指徇私，是對該評審的極大侮辱。如無真憑實據，還是慎言為佳。

我這樣說，並不是代表我認同今屆（以至歷屆）的評審組合沒有可議和改進的地方，但大家也不能罔顧事實、毫無根據地把一切不合己意的賽果，推斷為評審的「傾斜」所造成。再退一步說，若認為今屆評審組合是有所「傾斜」，則以前的屆別就沒有類似的「傾斜」嗎？為甚麼過往反應沒那麼激烈呢？因此，合理的質疑和批評當然是好的，以逼使有關方面正視和改進，但希望大家不要持雙重標準：當合己意的作品得獎，便認為評審機制和過程都沒有大問題，或對此不表異議，而當賽果不如己意，便立即指責評審機制和過程不公了。

評審機制可以如何改進？

不過，這次的風波也有一個好處，就是觸發我們可以一再審視雙年獎以至一切文學獎的評審機制和評審過程，以求不斷改進，令比賽變得更公平公正，減少爭議。以我尚淺的

經驗和粗淺的觀察，我以為雙年獎仍有待改善的，有以下幾方面：

一、評審的挑選

　　可不可以在選擇評審方面有更能代表文學界的聲音和參與呢？現在權在主辦的官方機構，他們歷年或有向文學界個別人士諮詢，但因沒有可資監察的機制，無從得知其運作方式和成效。就改變的方向而言，雙年獎的評審組合是否可以不那麼蕭規曹隨和保守，而多吸納一些不同的聲音以至更為年輕的一代的聲音呢？另外，有人認為官方對文學缺乏深入的認識和承擔，也不會制訂文學獎的長遠發展策略，所以最好的做法是由官方將雙年獎外判給民間的文學組織承辦或統籌（或由民間文學組織協辦）。這種做法也是一個新鮮的和值得一試的做法，可以一勞永逸地解決諸如選擇合適評審的問題。唯一的問題，是它可能又會衍生出另一個問題來：由誰決定外判給甚麼文學組織呢？是否又要成立一個獨立的、有代表性的評選委員會來遴選？而這個委員會又是怎樣產生的呢？其實最根本的問題還是，文學界現時並沒有一個能代表業界、並得到大多數文學工作者授權的組織，所以跟

政府討價還價時只能單打獨鬥，沒有太多的籌碼和主動權。另一種方法是民間自辦一個雙年獎（或類似獎項），但限於資金，加上文學人並不是太過熱衷於組織策劃和其他繁雜的行政工作，到頭來很有可能因為執行上的困難重重而變成紙上談兵。

二、評審的申報

　　雙年獎明文規定，評審若有著作，不得在其評選的組別下參選。但第四屆出現《狂城亂馬》事件，被人詬病機制的監察與執行。如何解決，看來還得再下工夫。雖然這樣的事件再發生的機會不高，但防微杜漸，維護公信，還得在機制上加以完善，或看看還有甚麼地方可以改進，比如說，除了評審自己的作品不能參賽外，與評審有密切關係（如屬父子、母女、夫妻，或同居密友等）的參賽作品是否需要申報呢？以我所知，評審在討論有關作品之先也有主動申報與參賽作者的關係（如今屆的情況，便有評審主動在決審會議中申報與作者屬師生關係，以及曾為作者撰序等），但這些

申報其後卻不見於《評審意見輯要》中[5]，參賽者及公眾均無從得知。我們或可相信評審的操守，他們在評選時的一言一語及每一次投票，都可以說是押上了他們的誠信，但於制度來說，能有一個有紀錄可查及可增加透明度以讓公眾釋疑的做法，還是值得支持的。

三、評審的程序

　　雙年獎現行的評審程序，是只有初審、決審兩個階段。初審時所有評審都會讀過所有參賽書籍，然後每人提名一至兩本進入決審，並為自己所提名的書籍撰寫書面評語。這種在初審已限制在一至兩本的選擇，好處是有效率，但壞處是會出現不少好作品被擯諸決審門外的情況。舉例來說，有一本詩集在五位評審的心目中都排在第三位，但因只能提名一至兩本的關係，這本水平不錯的詩集就會被割愛；相反，另一本詩集在四位評審的心目中都排得較後，但只要有一位評審選上它，即使排在第二位，也會進入決審。因此，進

5　若評審於書面評語中申報，則會有紀錄，如第十屆，便見有評審在書面評語中申報跟作者是至少三十年的朋友。

入決審的不一定在平均分數（若每位評審均為每本參賽書籍打分）上比未能進入決審的優勝，但公眾若只看決審名單，是不會知道背後賽例的運作的，只會認定這些作品就是這屆評審的整體選擇。由是，雙年獎若要更能反映參賽書籍的真正水平，其實最好採用計分制，即每位評審為所有參賽書籍定名次，然後按名次計分，加起來便可得出每本書籍的總得分，再選其中分數最高的六本（本數可再商議）進入決審即可。另外，現時只有進入決審的才會有討論，才會獲得書面評語；未為至少一位評審青睞而進入決審的，則連一句評語也沒有，因此對於他們來說，就會覺得是次參賽一無所得，毫無價值。雖然之前說過，要求每本參賽書籍都能獲得評語是有點強評審所難，但若在事後由一位評審代表撰寫的總評中，能就該屆的整體水平和評審取捨標準方面有所發言，對於參賽者而言將會是有所裨益和更能釋疑的。

四、評審的紀錄

　　雙年獎和中文文學創作獎一樣，評審會議紀錄並不詳盡，而且很多時顯得支離破碎，不像一個互動的討論過程。

而且除了總評以及各評審在初審提名時提交的書面評語是記名之外，最重要的決審討論過程並不記名，因此無從得知各評審的立場和爭論所在。這個情況我在出任中文文學創作獎評審時也曾多次向主辦者反映，但至今仍未見任何改善。我也不知會議發言不記名的原因，我深信，大多數評審均不會反對記名及公開，各負言責，正是義之所在，這也是增加透明度與公信力的做法，台灣很多重要的文學獎比賽都是如此，不知主辦者為甚麼多年來知而不行。而除了發言紀錄外，決審會議上進行的投票也應記名表列，讓公眾知悉各評審的選擇取向和在討論過程中有沒有改變主意。例如這屆雙年獎新詩組記名投票決定雙年獎時，票數為四對一，劉偉成得四票而關天林得一票，而投票決定推薦獎時，關天林得四票全票（因其中一位評審棄權），但會議紀錄均不見載，令公眾無從得知各評審的選擇意向，以及為何今屆推薦獎只有一名而未能增加的背後原因。其實，1997 年由香港藝術發展局文委會主辦的第一屆文學獎做了一次很好的示範，尤其是其中的「新秀獎」，無論評審發言和兩輪投票，均有記名，且紀錄詳盡，連評審在過程中被游說而改變主意亦

有清楚交代[6]，不知為甚麼雙年獎就不能參考這個做法呢？此外，雙年獎的評審紀錄和相關評語只在頒獎禮當天置於桌上供出席者閱覽，隨後只置於中央圖書館的香港文學資料室，只能問管理員取出當場閱覽，不得外借，造成公眾查閱困難。其實若因資源所限，不能大篇幅地將評審紀錄和評語刊於報章，一個很簡單的辦法便是上載到網站，但不知為甚麼主辦者總是不從。

五、評審的限制

看過去十三屆的雙年獎評審名單，就會發現不少重複出現的評審名字，如羈魂出任了其中的九屆，王良和六屆，蔡炎培五屆，還有四人各出任四屆（海外評審也多重複出任，如早年楊牧曾連任三屆）。若希望評審更加多元，或至少增加變數，是否可以設立一些限制呢？如評審要隔屆才可重複

---

6 詳見《回聲與肯定 —— 香港藝術發展局文委會第一屆文學獎特集》（楊秀慧編，香港藝術發展局藝術小組委員會出版，1998 年 8 月）。這個只辦了一次的文學獎，設「成就獎」、「創作獎」和「新秀獎」三項。「創作獎」或因涉及成名作家之間的評比，評審紀錄便遠不如「新秀獎」詳盡，投票情況也沒記名及記錄票數分佈，只籠統地說「得獎三人票數最高，順利成為創作獎得主」。

出任，等等。雖然這或許有一定的困難，因為合乎資格的評審選擇始終有限，而且選擇也是雙向的，很多評審不一定能邀請得到，但這不等於不值得嘗試。

評審身份 VS 個人身份

至於網上還有一種聲音，是指責我身為本屆評審卻公開對參賽者加以批評的做法，甚為不當。由於這種指責涉及評審身份和權限的問題，所以，也有必要在此澄清。首先在此摘錄網上針對我的幾則言論：

> 做評審，一定會看到自己所不喜歡的作品，如果就要把這種情緒發洩在臉書，諷刺參賽者，這樣的氣度，還適不適合作評審？作為一般讀者，當然可以有自己的口味和文學觀，評審也會有，但評審握有權力，和一般讀者不同，端看如何使用與約束。評審評出自己喜歡的作品是正常的，過程裏則不應主動對落選者造成傷害，也是常識吧？

從事藝術創作的人，最忌就是自我設限……若多年手執大權，獨尊一派理念而貶抑其他，自然會對整個城市的創作氣氛帶來不能磨滅的影響。到底敵我對立是誰造成的，難道會是初生之犢嗎？……已知最少有四篇回應文章[7]，每篇都好完整自足。一石擊起千重浪，手握大權的人而不知自重，肆意批評他人，就遇到有反響啦。

　　2015 年，年輕詩人與前輩就本土詩面向的爭辯。有詩人以比賽評審的身份在 Facebook 不記名狠批某年輕詩人的詩集，及後於頒獎禮致詞上發表言論，文章轉載至《立場新聞》。數名年輕詩人於 Facebook 羣起回應，及後撰寫議論文章於幾家網媒發表[8]。

7　這裏所指的四篇回應文章，隨後在網上暫見三篇：梁匡哲：〈回應「本土詩的一種面向 —— 以阿藍、關夢南、馬若的詩為例」一文，兼本土詩的另一種讀法 —— 洪慧的「幸會」〉，《字蝨》，2015 年 11 月 13 日；沐羽：〈本土詩歌風景 ——「興體詩」的路向〉，《字蝨》，2015 年 11 月 19 日；黃潤宇：〈本土詩及日常語言的畫外音〉，《獨立媒體》，2015 年 11 月 25 日。

8　前二則分別見於鄧小樺與阮文略的臉書；最後一則見熒惑：〈網絡格詩〉，《立場新聞》，2016 年 1 月 26 日。熒惑即阮文略，這則言論有不少失實之處，我早前已在臉書上澄清：首先我並非以評審身份在臉書上發言，其次我沒有狠批某詩集，只是就某種寫詩手法的流弊發言，另外我的文章也不是頒獎禮上的致辭。

這裏先要解說一下事件起因：《明報月刊》因雙年獎專題曾向我約稿，我便以今屆雙年獎研討會（這研討會跟評審工作無關）上的發言稿為本，寫了一篇題為〈本土詩的一種面向——以阿藍、關夢南、馬若的詩為例〉的短文，其後該文由《立場新聞》轉載。這篇文章承《十人詩選》序中也斯和葉輝的說法而來，旨在以阿藍等三人的詩作為例，介紹本土詩在寫法上和美學上的某類傾向（如生活化、散文化、敍事為主等）。本來這應不會引起甚麼反響，一來這些看法並非由我開始，二來我對詩的這種看法大家也不會感到陌生。但文章前言引述了我較早前在臉書上寫過的一首戲仿之作，便挑動了批評者的神經。

批評者的指責其實可分為二點：一、我不約束自己作為評審的身份和權力，肆意公開批評落選者；二、我只抱持一種詩觀，並以此打壓不同路的人，尤其是年輕一代。

關於第一點，我必須澄清的是，我張貼自己所寫的一首戲仿之作，是旨在諷刺現時一些寫法，諸如自動或半自動寫作的缺點和產生的流弊，我在臉書留言和文章上也講得很清楚，是針對現象而非個人，是針對流弊而非寫法本身，這些

也是對任何寫作人（包括我自己）的警惕（即如臉書上台灣詩人鴻鴻也曾在留言中指出，台灣目前也多有這種現象）。因此，大家可不必急於對號入座。

　　但這指控最嚴重的還是，我是以「評審身份」來作批評的，言下之意是牽涉運用評審的權力來攻擊、打壓異己，甚至影響其他評審和賽果。對於這種猜疑和指控，我不無驚訝。須知道，評審身份只是一個身份，除了這個身份，一個人還有很多也可能更為重要的身份。評審受邀出任，且有酬（雖不厚），當然要在規定的時間內盡所規定的責任，但這身份不能覆蓋其他身份，即在擔任評審的同時，我也有行使其他身份的權利和責任，即如我會以評論者或詩人的身份撰寫書評或詩評，對詩壇風向或現象發表意見（包括嚴肅的與戲仿的方式）。在不涉及比賽，沒有透露比賽機密，並與評審身份完全不衝突的情況下，為何會不被容許呢？如果堅持要説一日評審，就是一世評審，你的其他身份都不重要，你也沒有甚麼個人身份，即使有，也以評審這身份為重，這身份凌駕一切，你在甚麼時間發表的任何言論都會與這個身份「自動掛鈎」，則我想批評者可能有點誤會了，以為這項評審工作是關乎重大公共利益的 24 小時不眠不休

的公職，或是足以供養評審一世的差事，讓評審無須分心去做其他事情，並可將其他一切身份放棄。另外，若認為我所批評的詩風現象見諸某些參賽作品中，而我無論怎說，也是掛着評審身份，這便會造成不公平，所以理宜避免，則我也想反問一句，若我在評審期間公開大力讚揚某類詩風，是否也同樣有問題呢？須知道一有評論，便涉褒貶，不可能跟所有參賽作品所涉的風格或寫法完全無涉，我們總不能因此而禁止評審在評審會議以外的所有場合發表任何評論（當然仍以不涉參賽作品為前提）吧。

本土詩僅一種面向，還是多元？

關於第二點，其實是很基本的閱讀理解和邏輯推論的問題，而我已在臉書上一再重申，我在〈本土詩的一種面向〉一文中所說的，只是本土詩的「一種」面向，而非「唯一」面向，在文末也一再強調：「他們有所傾向，但並不表示他們排斥另一對項。」標舉此一面向，我的目的不過是想跟「對項來做一個包括內容、手法、風格、美學取向上的對照，並非指出這是本土詩的唯一出路，並排斥其他手法和取向；至於「生活化」及其與本土特質、身份之間的關係等問題，文

章限於篇幅沒有開展，當然還有很多討論空間。但批評者看來還是緊咬不放，不僅推斷文章背後所運用的「策略」，還提出一種「世代」之爭和某種聲音已佔據了「主流」的說法。在此，我想說的是，對於本土詩，對於其發展出來的某種美學傾向，對於與其有關的本土意識與身份認同等等，我當然有所堅持；但我也得申明，我也同時尊重多元，因為即使我所秉持的源於六、七十年代的本土詩傾向，也在不斷的變化並吸收了更多它的「對項」的元素，而變得更加不易分辨、更加複雜和豐富。此外，我也想重申一點，本土詩只不過是個泛稱，一如香港詩、本地詩，沒有人可以霸佔。而我所欣賞和看重的本土詩，以我所見，也不見得已成了所謂「主流」和佔據了「話語權」。相對來說，年輕一代與之不同的寫法，如傾向超現實、自動寫作、後現代、意象派手法等等 [9]，也從來不見得處於弱勢，只要一看近年這類作品在主要紙媒、網媒（如《明報》世紀版、《字花》、《香港文學》、《主場新聞》等）上刊登與受評的曝光率、結集出版的機會，以及在重要比賽（如中文文學創作獎、青年文學獎、李聖華現代詩青年

9　其實這些寫法也非年輕一代的「專利」。回看歷史，這些寫法一早已經出現，例如八十年代已有也斯、羅貴祥等詩人的後現代詩實驗。

獎等）中得獎的比率，都歷歷可見。反觀我在文章中所介紹的阿藍、關夢南、馬若三人，你上次看見他們的作品出現或受評是在甚麼時候呢？

《字花》第 59 期為此風波做了一個專輯，以及訪問了三位年輕詩人，持論看來比先前網上所見的文章更客觀持平，爬梳歷史更準確深細，評論視野也更見開闊。關於評審機制和評選作品方面，譚以諾、盧勁馳二位論者援引了布迪厄（Pierre Bourdieu）的「文學場」（Literary Field）理論，指出背後更為關鍵的體制資本及話語權的運作，尤富啟發性：

> 由於體制的權力關係並不會全然呈現於論爭之中，而獎項和出版涉及的美學判定，亦不能單單以持份者的言論來引證。得到學術體制甚至社會資本支撐的文學論述，其威權效果往往比誰做評判、誰的作品受到肯定和排斥有更大的關鍵意義。[10]

---

10 見譚以諾、盧勁馳：〈生活化的對項 —— 從八十年代的「余派」論爭說起〉，《字花》，2016 年 1 月。

我也期待由此文而起的更進一步的論述，一如譚、盧二君在文末的呼籲，一切還有待「更其精細，更為宏觀的文學體制分析」。

　　　　　　　　　　　　　　　　　2016 年 3 月 7 日

看誰奪得錦標歸
——香港文學獎項概略

鄭政恆

　　仔細檢視一下，香港的文學獎項其實不少，在歷史長河中流逝的作品當然不少，精妙的作品不單散落在報紙和刊物裏，也有的結集成書，甚至得到獎項的肯定，確定了一個作品或一本書的重要地位。在當代世界文學的層面看，諾貝爾文學獎是最重要的獎項，此外法國的龔古爾文學獎（Prix Goncourt）、美國的普立茲獎（Pulitzer Prize）、英語世界的布克獎（Man Booker Prize）、日本的芥川獎和直木獎等都有公信力，而香港，文學獎項的機制由來已久，有徵文比賽、創作獎、書獎、成就獎，本文就由五十年代開始說起，至於香港作家在香港以外奪得文學獎，本文不作太多討論，或另文詳談。

《文藝新潮》小説獎

　　《文藝新潮》在 1956 年創刊，為香港最重要的現代主義文藝雜誌之一，地位相當崇高，1957 年 1 月，為了紀念創刊一週年，《文藝新潮》特設「文藝新潮小説獎金」，徵求中篇創作一篇及短篇創作三篇（中篇為 45,000 字，短篇每篇以 15,000 字為限），中篇當選者的稿酬達港幣 1,200 元。短篇分三名，第一名有港幣 400 元，第二名有 300 元，第三名港幣 200 元整，在五十年代，獎金的銀碼顯然甚高，結果，在徐訏、丁文淵（地質學家丁文江的弟弟）主持下經過評選，《文藝新潮》第十二期（1957 年 8 月）就公佈了結果：第一名是台灣作家高陽的〈獵〉，第二名是香港作家盧因的〈私生子〉，第三名是香港作家波臣的〈風〉。大概是因為評審取態的緣故，得獎作品都是刻劃心理的寫實小説，跟《文藝新潮》的現代主義立場並不一樣。無論如何，高陽與盧因都堅持創作，高陽以歷史小説聞名，而盧因就是香港意識流小説的先驅。

現代文學美術協會的文學獎

《文藝新潮》出版了 15 期，就沒有繼續出版下去，但一批曾在《文藝新潮》發表作品的年輕作者，包括崑南、王無邪、葉維廉等人創辦了現代文學美術協會，在 1958 年 12 月 12 日登記成立為正式文化團體。現代文學美術協會主編的《新思潮》，在第五期宣佈主辦 1960 年度新思潮文學獎金，分為詩歌獎、小說獎、名譽獎，可是筆者並沒有全部《新思潮》雜誌，未知結果如何。

1963 年，現代文學美術協會編輯的《好望角》出版，在第二期就有「1963 年度好望角文學獎金」，評選委員有李英豪、葉維廉和崑南，以一年內在雜誌、報刊及單刊本中的作品為評審對象，並在第十期有「好望角文學獎金上半年提名公佈」，入選的作品分為詩和小說兩類，詩獎入圍者作品有周夢蝶的〈孤峰頂上〉和〈絕響〉、戴天的〈圓寂〉和〈擺龍門〉、管管的〈四季水流〉與〈弟弟之國〉、瘂弦的〈獻給馬蒂斯〉，小說有司馬中原的〈荒原〉、汶津的〈開往嘉義的吉普〉、〈孤獨之後〉和王禎和〈寂寞紅〉。最終 1964 年在台灣《創世紀》第二十期公佈結果，詩獎得獎作品是瘂弦的

〈一九六三詩鈔〉及〈馬蒂斯〉，以及管管的〈四季水流〉與〈弟弟之國〉。小說獎得獎作品是陳映真的〈喔，蘇珊娜〉及〈將軍族〉。

同年，台灣《創世紀》舉辦十週年詩創作獎，國內組由張默、季紅、洛夫、商禽、瘂弦評選，海外組由李英豪、葉維廉和崑南評選，國內組得獎人葉維廉（得獎作品〈降臨〉）和海外組得獎人金炳興（得獎作品〈橫〉、〈齊〉），都來自香港。從以上的資料可以了解，香港和台灣的現代主義陣營互為呼應，相互關注，更重要的是香港和台灣的現代主義文學自五十年代落地生根，經過多年的育成，在六十年代走向自我典律化嘗試。

《中國學生周報》的徵文比賽

回望五、六十年代，香港的文學獎項以徵文比賽為主，正如吳萱人在《香港六七十年代文社運動整理及研究》（1999年，香港臨時市政局公共圖書館）中舉例：「《中國學生周報》獎助學金學生徵文比賽；《亞洲畫報》亞洲短篇小說比賽，分普通組與學生組；香港電台短篇創作比賽；中國文化協會

主辦逃亡香港文化人徵文比賽，明顯為指定對象而設，跡近歲寒助貧；《星島日報》好少年徵文比賽；現代文學美術協會設文學創作獎金；中英學會文學創作比賽；新雷詩壇十週年紀念詩創作獎，等等。」（頁 19）

　　友聯出版社旗下的《祖國周刊》、《大學生活》和《中國學生周報》舉辦過不少徵文比賽，張曼儀、李英豪曾奪1958 年《中國學生周報》的生活藝術徵文獎。《中國學生周報》自 1952 年起辦了多屆獎學金徵文比賽，唐端正、古梅、李英豪、溫健騮、盧文敏、朱璽輝、陳炳藻都曾榜上有名。1965 年第十四屆獎金徵文比賽由林以亮、李輝英、黃思騁、孫述宇擔任評審，《中國學生周報》第 670 期頭版公佈得獎名單，第一名是黃柳芳的〈梁大貴〉，第二名是張愛倫（西西）的〈瑪利亞〉，第三名是朱韻成的〈在盲門外〉，第四名是陳炳藻的〈潮的旋律〉。第 671 期刊出了〈梁大貴〉，第672 期刊出重要啟事，指〈梁大貴〉抄襲舒巷城的〈鯉魚門的霧〉，取消獲獎資格，空缺由西西的〈瑪利亞〉補上，成為第一名，同期同版刊登了作品。（令人哭笑不得的是，1963年中英學會的文學創作比賽，伍清泉的〈鯉魚門的霧〉得第一名，也是抄襲舒巷城的同名作品。）

抄襲事件除了關乎創作的倫理外，從作品可見，相對
〈瑪利亞〉的跨地域現代色彩，〈鯉魚門的霧〉的寫實鄉土氣
息更為評審喜愛，反映了當時評審的閱讀口味，但兩篇小
說名列前茅，也說明寫實的鄉土小說與實驗的現代小說，
在六十年代形成了兩種旗幟鮮明甚至旗鼓相當的創作取態。
而西西早在 1955 年參加《學友》徵文比賽，以小說〈春聲〉
得高級組第一名，十年後的作品〈瑪利亞〉已是十分成熟，
從中可見西西的躍進，以至個人風格的煉成。

《大拇指》的短篇小說獎與詩獎

　　《大拇指》在 1975 年 10 月 24 日創刊，是七、八十年代
香港重要的文學刊物，1976 年，《大拇指》舉辦短篇小說
獎，第三十五期宣佈結果，第一名是思絃的〈阿金的一天〉
和阿草的〈養育的煩惱〉，第二名是惟得的〈白色恐怖〉，
第三名是王志清的〈變〉。同期不單刊出思絃和阿草的小說，
還附上評語（例如「前者擅長細緻寫實，後者幻想中富有喻
意」），其他參加者雖然名落孫山，但是《大拇指》編者說：
「其餘的我們都會在兩星期內退回，並在稿末寫上評判的意
見，供作者參攷。」

除此之外，思絃的〈阿金的一天〉更一再收錄於也斯、范俊風合編的《大拇指小說選》(1978)、也斯、鄭臻合編的《香港青年作家小說選》(1979)、馮偉才主編的《香港短篇小說選：七十年代》(1998) 和也斯、葉輝、鄭政恆合編的《香港當代作家作品合集選‧小說卷》(2011)，成為香港短篇小說的重要作品，文學比賽與發表以至結集入選，正是不少香港文學作品獲取地位的坦途。又正如 1976 年，《大拇指》繼而舉辦大拇指周報詩獎，結果第一名是禾迪的〈媽媽是疲倦了〉和〈給你牆上那些〉，第二名是凌冰的〈保羅的一羣小雞〉、〈一個年輕女體操運動員的自白〉、〈船〉，第三名是易名 (關夢南) 的〈媽媽，我不要出去玩了！〉。及後，禾迪和關夢南的詩作都收錄於錢雅婷編的《十人詩選》(1998)，展現了一個世代詩人的創作風格。

1983 年開始，《大拇指》新增大拇指詩獎，參選作品為該年度《大拇指》詩之頁刊登的所有作品。1983 年大拇指詩獎得獎人是關夢南、梁秉鈞、王良和；1984 年大拇指詩獎得獎人是顧城與韓牧；1985 年大拇指詩獎得獎人是顧城與羅貴祥。更重要的文獻是評語，1983 年大拇指詩獎有評審戴天 (另三位評審是王辛笛、古蒼梧、林煥彰，1984 年開

始加入梁秉鈞，1985 年就加入瘂弦）撰寫總評〈風、雅、頌之體 —— 看八三年「大拇指」詩獎作品〉，刊於《大拇指》第 198 期，他認為「『大拇指』得獎的三篇詩作，呈現了『莊重風格』，正可以看作是各種直接、間接，精神、感覺等因素的藝術在協作；風、雅、頌三體，在激揚、曲折的人生場景之中，心平氣和、娓娓道來，既不失各自的獨特風格，復秉具『胸有成竹』的決斷與把握，認識和包容。」顧城兩奪大拇指詩獎，可見朦朧詩的實力，至於 1985 年大拇指詩獎不單有王辛笛和瘂弦的評語，更有葉輝的文章〈曲曲折折的路 —— 詩獎報告及其他〉，刊於《大拇指》第 222 期。

大學院校與文學獎

踏入七十年代，青年文學獎在 1972 年創辦，至今依然舉辦不息，歷史比較悠久，自然有一定的名聲，1996 年《呼吸詩刊》第二期的「青獎專輯」資料十分豐富，可參看洪清田的〈從青年文學獎的源起、文學建港與文學從生活出發〉、陳智德的〈「運動」的藍圖：早期青年文學獎的發展〉、馬輝洪的〈青年文學獎文集的出版現況及其它〉、張少波的〈從生活出發〉、「從青年文學獎發展管窺七、八十年代香港文

壇概況」座談會紀錄等。

另外，王良和在博士論文〈詩觀的衝突與主流的競逐：香港八、九十年代詩壇的流派紛爭：以鍾偉民現象映照〉、長文〈第一次「鍾偉民現象」的史料整理〉和專書《余光中、黃國彬論》（2009）也有詳盡討論。總的來說，早年的青年文學獎延續六十年代文社潮流，也呼應七十年代香港學生運動的火紅歲月，1972年青年文學獎創辦時，只是香港大學文化節的文學比賽，後來香港中文大學和香港大學的學生合作舉辦，提倡寫實文學、由生活出發，重視文學與社會的關係，至七十年代末就逐步傾向自由創作，到八十年代，寫實主義文學已江河日下，以余光中為領袖的新古典美學和另一邊廂的廣義現代派領導文壇，而青年文學獎也透過文學活動、見證鍾偉民和鍾曉陽的冒起、出版青年文學獎文集、青文書屋開業，以至1982年創立的香港青年作者協會，延展了影響力，香港文學界也從文社的民間在野一步步走向制度化。

另外，理工文藝創作比賽也舉辦多年，出版了《紅磚集：理工同學文藝創作（一九七二至一九八一）》（1981）、

《穰田：理工文藝創作比賽十年（七八至八八年）得獎作品選集》(1988)、《文窗：理工文藝創作比賽（八九至九五年）得獎作品選集》(1996)、《石蕊集：香港理工大學文藝創作比賽（一九九六至二零零四）得獎作品選集》(2004)，樊善標的〈《文窗》內望〉有相關評說，詳見《讀書人》1996 年 9 月號。

自二十一世紀，以大學為主辦背景的文學獎，主要有香港浸會大學文學院及語文中心主辦的大學文學獎（分為大專組與中學組；小說組、散文組、新詩組）、香港城市大學主辦的城市文學創作獎（分為散文、小說、新詩、文化與藝術評論）以及香港中文大學文學院主辦的新紀元全球華文青年文學獎（分為散文、短篇小說、文學翻譯三組），新紀元全球華文青年文學獎規模比較大，至今出版了《春來第一燕》(2002)、《春燕再來時》(2004)、《三聞燕語聲》(2007)、《燕自四方來》(2012)、《五度燕歸來》(2017) 五本得獎文集。

公共圖書館與書獎

快將踏入八十年代，公共圖書館在 1979 年創辦中文文

學創作獎，兩年一度，得獎作品及評語見於《香港文學展顏》，陳惠英在 1993 年發表於《香港文學》第一百期的〈中文文學獎得獎小說的十年人事〉有相關評論：「從七九到八九年度的得獎小說所見，如果這樣的一個由官方主辦的文學獎在評審時不得不顧及反映社會現象這個要求是合理的話，不同年度的得獎小說的確呈現了香港在長達十年的時間裏有着明顯的變化，小說由文革題材到文化差異的述說，正說明香港本身的歷史轉化與擔當的角色，甚而是面臨的困境也或多或少地顯示出來。」

至於九十年代以後，更重要的文學獎項是 1991 年開始舉辦的香港中文文學雙年獎，以書為單位，可惜獎項評語一直不便查找（葉維廉為 1991 年第一屆文學雙年獎詩組撰寫的評語〈語言與風格的自覺〉，一直到 2011 年 12 月才發表於《香港文學》第 324 期），徒添一些爭端，其實文學雙年獎評語不妨上載到圖書館的多媒體資訊系統。另一方面，中文文學雙年獎只接納香港本地出版，一些在台灣出版的香港作家作品難免成為遺珠（如董啟章和韓麗珠的小說集），不過香港書獎和紅樓夢獎都沒有地域限制，紅樓夢獎以世界華文長篇小說獎為評選對象，黃碧雲的《烈佬傳》為首部奪

得首獎的香港小說。

近年政治取向相當保守的《亞洲週刊》，自 2004 年起選出十大好書，分小說類和非小說類，獲選的十大小說有不少香港作者著作，列出如下：陳浩基的《網內人》、陳冠中的《香港三部曲》、《盛世》、《裸命》、《建豐二年》、葛亮的《朱雀》、《阿德與史蒂夫》、《北鳶》、黃碧雲的《烈佬傳》、《微喜重行》、董啟章的《天工開物‧栩栩如真》、《學習年代》、韓麗珠的《風箏家族》、《灰花》、也斯的《後殖民食物與愛情》、王良和的《蟑螂變》、李維怡的《沉香》等。

其他文學獎項

文學刊物主辦文學獎一直不絕如縷，在《文藝新潮》、《好望角》、《祖國周刊》、《大學生活》、《中國學生周報》和《大拇指》之後，1988 年，《博益月刊》有《博益月刊》小說創作獎，第一名為裴立平的〈黃梅天〉。1990 年，《八方文藝叢刊》有八方文學創作獎，得主為西西，2002 年起《詩網絡》辦了詩網絡詩獎，一共三屆。

此外，關夢南不單出版《大頭菜文藝月刊》、《香港中學生文藝月刊》及《香港小學生文藝月刊》，更主持李聖華現代詩青年獎、香港中學生文藝散文即席揮毫大賽、校園創作擂台陣，貢獻良多。文學獎多以作品為單位，而以個人為單位的獎項，目前只有藝術發展獎，以工人文學為號召的，就有工人文學獎，另外過去也有職青文藝獎。由出版社主辦的文學獎，有天地長篇小說創作獎，天地圖書順理成章出版了得獎者的作品，包括王璞的《補充記憶》、《么舅傳奇》，戴平的《微笑標本》、鄺國惠的《普洱茶》、謝政的《約會》。以上只是提綱，掛一漏萬，遺珠且待日後補寫擴充。

第五輯

文學可以
穿越歷史、
對抗現實嗎？

古謂以詩證史。現代人面對充滿壓抑的
現實，如何證史，說史，釋史，鑑史？
香港的本土文學，既可跨域理解，也可
以理解成，為香港編寫故事，以虛構穿
越歷史，以詩對抗現實的謬誖和殘酷。
香港文學書寫如何面對庸俗的羣眾、波
譎的社會，思考身份認同的弔詭？表面
上，資本社會出版的書籍大多與一般消
費無異，但文學所隱喻的，是具象問題
抑或人心問題，並不是三言兩語就可以
「穿越」的。

陳冠中眼下香港文學的出路

吳廣泰

　　香港是一個多元、開放的空間，擁有很強的包容力和接受能力，香港不少作家亦具備這種特性，陳冠中便是其中一位。陳冠中在香港的文藝界可說是一位傳奇人物，早在七十年代已創辦《號外》城市文化雜誌，在八十年代去了當電影編劇，九十年代又去了台灣做電視編劇，在 2000 年他決意投入文學創作，終於在 2009 年寫下長篇小說《盛世：中國，2013 年》，並以小說作為其事業。原來陳冠中在大學時期已與文學結緣，但以文學作為事業卻是他年過五十之事，更在 2013 年被選為「香港書展年度作家」，創作成就得到各方肯定。經過本次訪問，細察他的經歷，發現他所接觸的香港文學與香港文學的發展的獨異之處。

陳冠中在中學的時候，最早閱讀的文學作品是金庸和梁羽生等人的武俠小說。上大學後，他才偶有寫作和正式接觸嚴肅文學，但當時影響他的原來是台灣文學。他喜歡到尖沙咀的文藝書屋，那裏有大量的台灣文學作品出售，如白先勇、張愛玲等的作品，不論是正版還是盜版，他都如獲至寶，因此陳冠中坦言台灣文學給了他最初的養分。除了台灣文學，西方文學亦擴闊了他的視野，如沙傑林和海明威等。至於影響他的文藝觀的香港因素是來自《中國學生周報》，但受他注意的不是文學版，反而是電影版。他認為《中國學生周報》的電影版內容很風趣和時尚，這亦影響了他日後創辦《號外》，第一本在香港以流行文化為主的雜誌。他笑言大學畢業時發現自己不是一名小說家，因此去辦雜誌和書店。他在八、九十年代闖入電影圈和電視圈，擔當編劇，寫下不少出色作品。此外，他亦曾把文學作品改編成舞台劇，如白先勇《謫仙記》和張愛玲《傾城之戀》等。

雖然陳冠中遊走於文化界、出版界和電影圈，但是從不以「文字寫作」當作職業。然而當他旅居台灣和大陸時，接觸當地的文學圈後，激發了他對香港文學的想像，遂在2000年投入文學創作。他本想寫長篇小說，但到2009年才

完成，自此小說成為了他的事業。他認為現在不是為名利創作，所以未必有取捨的掙扎，可謂隨心所欲。陳冠中曾是編劇，現在是小說家，他認為寫小說和劇本是兩回事，不希望自己的小說改編成電影，通常能改編電影的小說未必是優秀的小說，因為媒體不同，內涵亦不一樣，每個媒體皆有其獨特性。陳冠中雖然看似是「脫離」了文學，但他寫下不少文化評論文章卻有很大的影響，如其中一篇文章〈香港作為方法〉指出香港的特性是「混雜」（hybridity），這種「混雜美學」才是香港的優勢，這個觀念亦能放諸於香港文學研究之內。

　　陳冠中全身投入文學創作後才正式審視香港文學，重整了對香港文學的印象和理解，反而更了解五十年代作家的掙扎。過往這些作家多被遺忘，但近年香港文學的研究才使他們的努力得以受到認可。事實上，香港文學從來不是固步自封，早在二、三十年代香港與大陸的邊界並非像現在分明，兩地邊界很模糊，粵港作家經常往返廣州和香港，因此香港文學早已存在跨文化和跨地域的創作因子。但在 1949 年後兩地邊界開始確立，情況開始不同。當時並未有「香港文學」這個概念，因為「香港文學」是被後來的研究者追索和建構出來。陳冠中回憶，大約六、七十年代的嚴肅文學在社會上

的傳播並非廣泛，反而台灣文學、英美文學和歐美文化在香港更廣受人所認知。但隨着本土意識出現，加上八十年代以來，很多學者整理和搜集，慢慢建立「香港文學」的論述，使現在香港文學的地位較之前有所提高，有助本土認同。

陳冠中接受筆者訪問時，就「香港文學」的觀點提出了不少值得深思的地方。首先是香港文學從來不是「封閉」的，早在三十年代不少作家是粵港兩邊走，特別是通俗文學作家。事實上，不少當時香港的嚴肅文學作家與當時上海作家有所交流，如謝晨光和張稚盧的作品是在上海出版，又或侶倫與穆時英和葉靈鳳早有交情，可見香港文學的流通十分廣闊。另一個值得深思的觀點是，陳冠中在六十年代受台灣和歐美文學和文化的影響，但每當我們翻閱香港文學史之類的書，對六十年代往往只是指出「現代主義影響了香港文學，如《酒徒》等作品出現」，而陳冠中的説法亦提供多一個理解六十年代香港文學切入點，歐美的文化潮流對香港文學的影響亦值得反思。

至於香港文學的定位上，陳冠中認為應該將「香港文學」置於「華文文學」之中，因為「香港文學」本身是跨地域、

跨文化和非排他性，置於「華文文學」正可顯其世界性。此外，「華文文學」亦應以「華文」取代「中文」，有助解構中國主導，建立多元的表述方式。陳冠中建議「中文」改為「華文」，這個概念非其所獨創。事實上「華文文學」的想法，可以連繫到「華語語系文學」（Sinophone Literature）的概念，2007 年時香港嶺南大學曾舉辦了一場名為「香港文學的定位、論題及發展」的講座，當中便涉及「香港文學」置於「華語語系文學」中的討論，台灣學者彭小妍認為「中國」一詞在某種程度上是國族的代詞，無法涵蓋居住中國以外地區的華人，應用「華語語系」代替，而當中的文學亦應包含中國、台灣、香港或以至全球用華文創作的文學，不應囿於地域或政治，這正打破了「大中國主義」和「中心 / 邊緣、主流 / 支流、正統 / 非正統」等僵化概念，「香港文學」一直被認為是「邊緣」，如果將其置於「華語語系文學」中，這有助打破中心與邊緣的概念，能更仔細審視香港文學的位置。另外要注意的，"Chinese Literature" 究竟是「中文文學」還是「中國的文學」，明顯地當中含有歧義，如果用 "Sinophone Literature" 便可避免混淆。雖然 Sinophone Literature 這個概念在華文地區還是新鮮及有衝擊力的觀念，而在英美學術界卻已有不少相關的討論和研究。

陳冠中分享了自己的文學之路，最後亦寄語年青人，文學一向是香港的邊緣，作家甚至可能需要一份工作而養活文學，如果只為求名利更不應做作家；當你有這種覺悟才會創作出優秀的作品，這些意見非常值得年青人參考；此外，陳冠中亦帶出了有別於「大敍事」下的香港文學的觀點和資料，這值得文學研究者探究。

香港早期詩人筆下的「香港」

馬世豪

文學和地方的關係，千絲萬縷，它既可以呈現該地方的文化藝術水平，亦可以協助記錄該地方的歷史發展，使後人能夠透過文學作品描寫和刻畫的地方形象，體察地方的人文價值，從而建構個人對地方的想像，抗衡體制對我們灌輸的地方意義，豐富我們對地方的認同和批判，並學習作家書寫地方的各種藝術手段，提高大眾的文學鑑賞能力。香港新詩早在二十年代已經出現，2014 年《香港文學大系一九一九至一九四九‧新詩卷》出版後，大眾對香港早期新詩的認識加深了。《新詩卷》主編陳智德博士在〈導言〉中強調：「除了選出經得起時代考驗的佳作，更期望透過具體作品，勾勒香港新詩從最早至 1949 年間的歷史輪廓，使讀者透過一種新文體的發展，獲得一種歷史意識，進而反思新舊時代

不同變化的軌跡。」[1] 所謂「新舊時代不同變化」，其實可以理解為當時的詩人如何透過詩來呈現香港。閱讀香港早期新詩，不乏詩人書寫香港都市形象的詩作。詩人不是記者，詩亦不是鏡子，究竟詩人怎樣書寫「香港」？他們筆下的「香港」是何種形象？有何意義？值得探討。因此，本文抽取一些香港早期的新詩，分析這些作品呈現的香港都市形象，思考這些「香港」形象有何意義。

以書寫都市來批判社會

香港早期詩人筆下的香港形象，大多以都市的形象呈現在詩作中。從歷史的角度分析，二、三十年代的香港屬英國殖民地時代，工商發展較周圍的珠江三角洲發達，都市化的趨勢亦較明顯，所以不少詩作皆將香港以都市的形象呈現，並且帶有批判香港過度重視金錢利益的意識。例如 1939 年鷗外鷗的〈大賽馬 —— 香港的照相冊〉，描寫賽馬令全香港市民瘋狂的情況：

1   陳智德：〈導言〉，《香港文學大系 一九一九至一九四九‧新詩卷》（香港：商務印書館，2014 年），頁 43。

這個城市已經瘋狂了

它向每一個市民搜集一塊錢的投資

用人工的方法

使三百萬人中的一人意料不到的幸福

使其餘的二百萬人奢望之餘又再奢望

嘆惜以後又再嘆惜

終年都在嘆惜中過着日子 [2]

作者直接寫出市民如何以瘋狂的手段，尋求投注賽馬勝利的方法，結果大部分人只能在「嘆惜中過着日子」，諷刺市民太過着重從賭博中獲利的心態，將香港社會的市儈形象刻畫得仔細入微。另外，陳殘雲在〈都會流行症〉中，亦將香港的都市形象形容為患上「流行症」的症病，「都會是狡猾與無恥」，非常不健康，導致人的理想和志氣被摧殘，沉醉在酒精的麻醉中，例如：

2　鷗外鷗：〈大賽馬 —— 香港的照相冊〉，黃燦然：《香港新詩名篇》（香港：天地圖書，2007 年），頁 25。

白日看不見太陽

夜裏也看不見月亮

人永遠在黑暗中

都會永遠在黑暗中

黑暗的生活

腐爛的生活

多少人的氣節

磨碎了

多少人的青春

磨碎了

⋯⋯

煩囂的日子

也跳出一個酒精的靈魂

呵！酒精，酒精

都會永久在酒精中

香與香的交流

色與色的交流[3]

3　陳智德編：《三、四〇年代香港詩選》（香港：嶺南大學人文學科研究
　　中心，2003 年），頁 156-157。

陳殘雲在廣州出生，1930 年來港工作，積極參與文學活動，是三、四十年代重要的香港詩人。後來 1950 年他返回中國內地，曾任中國作家協會廣東分會副主席和廣東省文聯副主席等職。〈都會流行症〉從批判的角度切入，以誇張的手法將香港形容為一個患重病的人，生活「腐爛」和「黑暗」，引來讀者的討厭和反感。這種批判香港社會的寫法，是當時不少帶左傾思想的文人的創作共通點。

另外，由於當時廣東省和香港的地域界線較模糊，邊界概念亦不明顯，所以香港詩人未必以明確的香港主體身份來書寫香港。不少作家以書寫都市作為中介，以批評的角度出發來書寫香港的都市形象，批判都市帶來的各種問題，呈現社會的黑暗面，矛頭更指向殖民主義、帝國主義和資本主義。其中，袁水拍的〈後街〉是代表例子。這是一首長詩，共 99 句，中間沒有停頓，先看看它的開首：

後街，九龍租借地

小押鋪的後街

「麻雀耍樂」的後街

潮濕的失業的日子

兇暴的下流人出出進進

在賭場的煙和咒罵裏

咭咭咭⋯⋯直上三樓的扶梯

搽三仙一匣雞蛋粉的娼女

街心的流浪是丈夫

他們有壓扁的臉

壓扁的性情

花柳病和癆病

扶梯上各人家燒紙燭。

因為我們，噯

大家都是窮鬼[4]

　　袁水拍本名袁光楣，1935 年畢業於上海滬江大學，
1938 年來到香港，並在 1940 年起擔任中華全國文藝界抗敵
協會香港分會理事，1942 年離開香港後，加入共產黨。在
港期間他積極參與文學工作，例如投稿到《立報》、戴望舒
主編的《星島日報・星座》和戴望舒與艾青合編的詩刊《頂

4　　袁水拍：〈後街〉，《香港文學大系 一九一九至一九四九・新詩卷》，頁
　　134。

點》等。袁水拍以左翼批判的角度，將香港刻畫成一個壞透的都市，充滿病人和三教九流的人物，反映香港的貧窮景象，「大家都是窮鬼」，暗示資本主義是導致問題的根源。因此，全首詩圍繞這個問題反覆展示香港的社會的黑暗面，並且直接在詩中帶出議論，例如：

那些無盡的無數的房屋

和螞蟻蟑螂老鼠

木蚤的後街

印度巡捕的後街

牠們吸我們的血

我們這樣地敬重着牠們

我們在昨天今天明天

呼出最後一息氣 [5]

他將「螞蟻蟑螂老鼠」等昆蟲動物比喻為資本主義，「牠們吸我們的血」正好形象化地突出資本主義對大眾的剝削，直接表達出詩人的態度。除此之外，尚有不少詩人以批判的

5　同上註，頁135。

角度來處理香港的都市形象，例如何涅江的〈都市的夜〉：

夜是黑暗的，社會也是，尤其是城市，

挪揄，奚落，白眼，嘲諷，一串尖刻的針，

一個市集裏，懷抱着兩個世界不同世紀

的人！[6]

這些詩的批判性建基在現實主義的文學傳統中，並以較淺白的批評語言務求引起大眾共鳴，表達政見，可與中國內地左翼作家建設的批判現實主義一同討論。

以書寫都市來反省「都市」的意義

除了批判外，不少詩人以細緻的觀察刻畫城市的面貌，以書寫都市來反省「都市」的意義。「都市」除了是一個現實狀況，更是一個思考空間，詩人借詩作反省「都市」帶來的變化，反思現代人的精神面貌，例如劉火子的〈都市的午

6　何涅江：〈都市的夜〉，《香港文學大系　一九一九至一九四九・新詩卷》，頁 130。

景〉是其中代表作，書寫香港的都市繁榮的景象背後：

> 金屬的鐘音迴蕩於都市之空間，
>
> 一下，一下，緊敲着人們之顆心。
>
> 於是標金局裏的人散了，
>
> 堂皇的寫字間也空着肚子
>
> 看那意大利批檔的門階，
>
> 流注着白色的人流，
>
> 而雪鐵龍車子又把這人流帶走，
>
> 一隊，一隊，水中的游魚哪！
>
> 白色的人流把 Cafe 的肚子充實了，
>
> 豐滿的 Tiffin，奇味的飲品，
>
> 雷電播散着爵士歌音，
>
> 一口茶，一口煙，
>
> 笑語消磨這短促的一瞬。[7]

---

7 劉火子：〈都市的午景〉，《香港文學大系 一九一九至一九四九・新詩卷》，頁 103。

劉火子 1911 年在香港出生，成年後長期從事新聞出版工作，是土生土長的香港作家。在這首詩中，他刻畫了一個香港都市面向：大家在都市內各自生活，看似充實，並在忙碌的工作過後，尋找休息的空間，飲酒跳舞，但內心的精神又能否得到滿足？在劉火子筆下，香港人的精神面貌是空洞的：

> 金屬的鐘音迴蕩於都市之空間，
> 一下，一下，緊敲着人們之顆心。
> 於是煩雜的機聲戛然停止了，
> 黑洞洞的機房放走了人，
> 揩着汗珠，喘息！
> 低矮的門階，
> 流注着黑色的人流，
> 涼風拂去心之鬱抑，
> 才知道陽光那麼令人可愛！
> 肚子空了，走吧，
> 行人道上游着疲憊的人魚，

街頭，渠邊，蹲滿了人，

兩碗茶，一件腐餅，

耳間還存着權威者吆喝的屬聲，

一陣愁，一陣怨，

悲憤消磨這短促的一瞬。

長短鐘針交指着正午的太陽，

說這是最平等的一瞬吧；

而地獄與天堂間的距離呢，遠着呵！[8]

　　劉火子筆下的香港是「地獄」，香港人營營役役，生活欠缺意義，只為工作和生活而拼搏。開首和結尾的「長短鐘針交指着正午的太陽」暗示時間的流逝，香港人每日的生活卻擠滿了各種鬱抑、疲憊和悲憤。劉火子並沒帶有強烈的批判態度，反而以呈現的方法，向讀者展示都市的空洞感，引起讀者反思。劉火子的觀察停留在城市的表面，另外一些作家卻從書寫都市表面形象中，從哲學層面思考都市的意義，李育中的〈維多利亞市北角〉是其中的代表作：

8　同上註。

蔚藍的水

比天的色更深更厚

倒像是一幅鋪闊的大毛毯

那毛毯上繡出鱗鱗紋跡

沒有船出港

那上面遂空着沒有花開

天呢却留回幾朵

撕剩了的棉絮

好像也舊了不十分白

對岸的山禿得怕人

這老翁仿佛一出世就沒有青髮似的

崢嶸的北角半山腰的翠青色

就比過路的電車不同

每個工人駕馭的小車

小軌道滑走也吃力

雄偉的馬達吼得不停

要碾碎一切似地

把煤煙石屑潰散開去

十一月的晴空下那麼好

游泳棚却早已凋殘了

十一月一日 [9]

李育中在 1911 年 1 月生於香港，1929 年開始創作，是
當時重要的詩人。〈維多利亞市北角〉原刊在 1934 年 12 月
29 日的《南華日報・勁草》版，陳智德在〈隱退了的城市書
寫〉中指出：「（〈維多利亞市北角〉）記錄了早期北角城市發
展初期的面貌，特別提到電車路上的運煤工人，以及附近
的山勢、海港、地貌等，特別寫及當中那荒蕪與發展並置
的氣氛，為我們勾勒出一個初生的都市地貌。」[10] 這首詩並
沒有批判城市的發展將周圍帶來破壞，反而提醒我們變化
帶來的意義，「十一月的晴空下那麼好 / 游泳棚却早已凋殘
了」，文明已隨城市帶來，城市景觀亦將變化，過去的東西
或因此消逝而可惜，但文明又是否一定帶來不堪？李育中

9　　李育中：〈維多利亞市北角〉，《香港文學大系　一九一九至一九四九・
　　　新詩卷》，頁 90-91。

10　　陳智德：〈隱退了的城市書寫〉，《大公報》，2012 年 9 月 16 日。

沒有答案，留待讀者思考。另一位詩人盧璟的〈新墟呵，新墟〉，描寫新墟士多的面貌，同時呈現時代景觀變遷帶來的時代變化。新墟位於屯門，當時屯門是鄉郊地方，很少作品觸及，這首詩風格寫實但卻留下思考空間：

角落裏，一個油煙污黑的灶

一根竹竿，掛着

幾條暗紅色的豬肉和牛肉

爬滿了蒼蠅

灶角上堆了些白菜，和麵條

這裏，還有一間剃頭店

長時有人躺在剃頭椅上

歪着嘴在挖耳垢

兩面不一樣大小的鏡子

左邊一面照出人相是長頭的

右邊一面照出人相是凹臉的

店門口堆着垃圾，死老鼠和死小雞

而且天天晾着大大小小的衫褲

你一定會想到你也曾到過新墟

並且對它非常熟悉

無論你從幾遠跑來

你都覺得新墟沒有陌生的痕跡

你會說「甚麼都似乎見過的」

你會和麻臉的老闆點頭

而他也很自然地和你招呼

新墟呵，新墟

它的血流得很慢很慢

而且，它不安地沉睡着……[11]

　　「盧璟」是筆名，真正身份是達德學院學生俞百巍，他
的父親是辛亥革命元老俞應麓。俞百巍原籍江西省廣豐縣，
1928 年生於上海，曾在中國內地生活一段時間，再來香港
讀書，1948 年畢業於達德學院文哲系，同年加入中國共產
黨。這首詩提到新墟與內地某些景觀接近，原因除了對比新
墟與內地的事物外，亦由於作者被新墟的景觀觸動他過去生
活在內地的記憶，所以全首詩並非只是描寫城市，更注入抒
情的元素，在節奏上和形式上配合詠嘆的功能，將冷漠的新

11　盧璟：〈新墟呵，新墟〉，《香港文學大系　一九一九至一九四九・新詩
　　卷》，頁 219。

墟給予多一層追憶舊事的主題。盧璟不只是批判新墟,反而以帶反諷的語言和呈現的筆觸,帶出反省都市意義的主題。

以書寫都市來喚起抗戰意識

1937 年 7 月 7 日「七七事變」發生,中國抗日戰爭全面爆發,雖然香港當時是英國殖民地身份,英國和日本尚未開戰,但由於當時省港澳身份建立,人口亦以華人為主,香港人非常關心抗日戰爭,不少詩人亦以此為題。當時不少國內作家南來香港參與地下工作,同時亦參與創作抗日戰爭的作品,宣傳抗戰,例如 1941 年 12 月 10 日,徐遲在香港《星島日報·戰時生活》發表〈太平洋序詩:動員起來,香港!〉:

暴風雨,來吧!來吧!

太平洋的碧綠的波浪

本是溫暖的太陽的愛人。

現在暴風雨來了!來了!⋯⋯[12]

12　徐遲:〈太平洋序詩:動員起來,香港!〉,《星島日報·戰時生活》,
　　1941 年 12 月 10 日。

全首詩以直接呼告的方法，鼓動香港投入抗日戰爭。雖然徐遲的身份是南來作家，但整首詩的內容卻以宏觀的二戰格局切入，強調香港作為太平洋眾地的一員，理應動員抗日，所以詩的結尾說：「如果香港燃燒，／東京也要燃燒，／太平洋，歌唱吧！」至於從香港本位出發的抗戰詩，淵魚的〈保衛這寶石〉是當中的代表：

昨天，東方的里維拉

今天，太平洋的前哨

昨天，燦爛的燈火，皇冕上的寶石，

今天，空襲下的街市，鋼帽和步槍。

昨天，消夏別墅的迴廊，

印着主人腳上的沙，

但是，今天蘇格蘭的軍笛響了，

加拿大的高大的客人們上前線，

中國的孤軍再也不必「逃」，

印度的騎兵隊初試他們的戰馬，

「保衛香港，粉碎侵略者」

——是暴雨似的一個答覆

這裏有全香港的聯隊，

我們有全世界的援助。

打開地圖，日本的島嶼掛在太平洋，

像一段腐爛的盲腸，

讓太平洋的海岸線像手一樣

攜成一個大圈

打擊共同的敵人，法西斯日本，

讓太平洋上的島嶼，

排列成隊，

打擊共同的敵人，法西斯日本，

讓戰爭的火焰強壯地跳躍吧，

浣洗這地球上的醜惡。[13]

「燦爛的燈火，皇冕上的寶石」中的「燈火」和「寶石」
借代為香港的都市面貌，全首詩一句「保衛香港，粉碎侵略
者」，直接表達香港本位的抗戰態度，而從其內容而論，亦
將香港並列為「太平洋上的島嶼」，成為其中一股重要的抗
日力量。相對而言，彭耀芬的〈燈下散詩〉中的〈邊境即事〉

13　淵魚：〈保衛這寶石〉，《香港文學大系　一九一九至一九四九・新詩
卷》，頁 195。

和〈夜〉，卻有別於直接呼籲抗戰的方式，這兩首詩以書寫都市來喚起抗戰意識，並透過都市被戰爭破壞帶來的頹敗景象，傳達抗戰訊息。例如〈邊境即事〉：

新界的邊境
有着破壞的火
更有發抖的刺刀　釘靴嚙在土瀝青上
而邊界外更有醜陋的暴漢

粉嶺墟頭十室九空
紛紛攜袱逃亡　情堪狼狽
逃到那裏　逃到那裏
桃源人開始聽到一口不安定的砲 [14]

彭耀芬曾在淪陷時在新界參加東江游擊隊，不久病逝，關夢南在《香港新詩 —— 七個早逝優秀詩人》中形容他是香港重要的早逝詩人。這首詩記錄了他的戰爭經歷，「粉嶺墟

14　彭耀芬：〈邊境即事〉，《香港文學大系　一九一九至一九四九・新詩卷》，頁 172。

頭十室九空」告訴大家，本來繁榮的粉嶺墟已被如「發抖的刺刀」和「醜陋的暴漢」般的日軍壓境而變成廢墟，只有擊退日軍才可重造昔日「桃源」，可見詩人透過描寫城市被破壞，喚起抗戰意識。不過，彭耀芬的立足點與淵魚不同，他以中國本位的角度創作抗戰詩，所以〈夜〉寫：

　　向戰爭吧
　　彈下頰上的苦淚
　　穿上新編的草鞋
　　我要做新中國的戰士去[15]

　　香港投入抗戰是為了「我要做新中國的戰士去」。假如你用狹窄的本土意識分析，或會否定這些抗戰詩的價值，但正如上文所言，當時主流未必有強烈的本土意識，而且省港澳一家的觀念較強，所以這些抗戰詩的價值不容忽視。

15　彭耀芬：〈夜〉，《香港文學大系　一九一九至一九四九·新詩卷》，頁 172。

總結：都市形象的作用

從上文的分析可見，香港早期詩人筆下的香港都市形象，主要有三種作用，第一種是批判社會，第二種是反省「都市」的意義，第三種是喚起抗戰意識。香港早期詩人透過詩作呈現這些思想，建構香港的都市形象，並運用不同的藝術技巧，豐富詩作的內涵。在香港早期的文學活動中，新詩作為一種具有實驗性的創作，城市書寫的內涵十分豐富，除了顯示香港文學在早年已有很高的成就外，從文化身份的角度切入，香港是中國和西方的中介，複雜的文化身份造就出這個城市獨特的文化空間。我們不知道當時的香港詩人，是否留意到這種香港的特殊身份，但從他們的詩作中，我們見到的香港是充滿多元和複雜的層次，這的確與香港的城市身份（城市和殖民地，非國家或農村）有密切關係。從這些新詩，我們除了可以了解這些香港早期新詩文學上的意義，更了解它們的歷史意義，讓今天的香港人更加認識當時的香港歷史和文化。

香港新詩的崇高與大是大非

張承禧

在 2017 年「港大駐校作家歐陽江河與香港詩人交流詩歌朗誦會」上，12 位詩人共選了 14 首新詩來朗誦。詩作風格各異，卻總不離歐陽江河所提到詩歌意義上的崇高與大是大非，以及對社會庸俗失真的抵抗。

具象與象外的暗喻

歐陽江河的〈龍年歲首〉以唐人殷堯藩詩中的「蠻兒」為主角，透過龍眼去看世界的「具象」與「象外」—— 具象擬為社會的真實，象外為物象以外的精神層面。接着，詩中提到一個「假扮成具象」的越女「欠下一個象外」，而龍眼—— 詩的作用就是戳破那些假扮成具象的具象，並替人們欠下的象外結賬。蠻兒每剝一顆龍眼，就戳破一個假具象，「把現世報看得那麼空透」。欠下的象外並非不用結賬，「因為暗喻溢出象外，盡是命抵命。」便會發生諸如「從山海經

／到生意經」、「把地方貪官捆成一捆，往民怨一掛」等社會所欠下的債務。在詩結尾，送遞盛唐龍眼的騎手自千萬里之外的古長安，穿越時間與空間來到現代，化成高速奔馳的火車，可是「也不在意自己是活的，還是一個幽靈」。詩人直指當代社會異化了的本心，迫使我們重新反思現代化建設這列直線奔騰的火車，並提出了回歸傳統、重拾「龍眼」的重要。

朗誦會以〈龍年歲首〉為首篇，正好發揮了提綱挈領的作用。借用詩中概念，詩人每朗誦一首詩，就戳破一個或更多的假具象，同時替社會欠下的「象外」結賬。

與庸俗世界鋸開的閃亮

相對歐陽江河〈龍年歲首〉從龍眼看出時代古今的雄渾氣魄，香港詩人的詩作不少從生活細節和個人私密經驗入題。其中〈木鋸〉是鄭政恆一次買木鋸時有感而發寫成。詩作描述地上有兩把木鋸，直至一把被舉起，一把還在地上躺着，豈非也是一種「機遇」的「鋸開」？詩人說：「從此離開了熱鬧的價格升降／就在角落等待你的觀看與拭擦」。木鋸

被「鋸」離開了熱鬧的人羣，在角落等待「你」的觀察，亦適用於劉偉成〈苔箋〉發現青苔與人潮之間的分隔。「在這喧囂的人潮中 / 你是一個秘境的月台」、「沉澱着夢的殘餘 / 開出一片心聲的淨域」，雨後青苔閃亮之貌更讓詩人佇足，重新發現一些庸俗世界之外、詩人之前不曾留意過的美。

葉英傑〈卡通人偶〉則更具社會批判意味。其詩嘗試想像卡通人偶工作者裏外的反差：「裏面你滿臉通紅 / 巨大的喘氣聲，在裏面縈繞 ／（你臉上掛着快樂的笑容）」。借人偶工作為題，探討人在社會中無法自控的困境，揭示人偶乃至宣傳與消費的虛妄與荒謬。

個人面對羣眾及社會的內省

同樣從個人與羣眾的對立出發，馬世豪〈巴特農神殿前的人羣〉描述了遊者的省思：「充滿旅客的腳步聲 / 導遊咪上的開關 ／ 關上了我對你的聯想」。神殿作為歐洲文明的起源，今天卻只能「承受人羣 / 繼續拍攝你的骨頭」。

鍾國強寫過不少以社會時事入題的詩，對於詩歌與社會

的關係亦有獨到看法。他表示自己以前喜歡寫偉大的東西，但後來比較想寫生活的詩。他提到梁秉鈞的「發現詩學」，要留意身邊的事物，不要放太多主觀的東西進詩，讓主體與客體產生對話關係。在現實上，身邊很多東西，都要經過詩人的發現。那些東西可能不是發現才存在，而是本來就存在，這樣才能讓詩人納入詩中。他認為，詩人經歷的生活有時代的反映，就如他的〈1：99〉借用了一個同名的消毒比例，將之延伸至個人與社會人際關係的距離。從個人與網絡，「我在網上第 129 次重看關於自己的信息／化名嘲諷，攻擊，然後矢口否認」；到個人與病菌肆虐的社區，「而一聲咳嗽可以免費換取身邊偌大的空間」；及至個人與伴侶，「你說你高聲地說誰看呢誰還看呢我說」，還有最後「你」變成「我」的「1」。此詩從外到內表達了主人公與各種人際關係的層層疏離感，卻又自然地引入了一重愛情主題。

從個人經驗到香港本土身份反思

究竟詩歌應該怎樣釐定個人與世界之間的關係？吳美筠認為，年輕詩人純粹為表達感受而寫詩是很自然的事；到了中年，如果仍然單單為了抒發個人情緒，就難以有成熟

的表現，也難於堅持。她的〈從山背來的鯽魚〉表面上寫南生圍，但整合各項細節後，會發現詩人寫的更多是一個屬於個人經驗的「南生圍式」香港。詩中將物種置於該地加設的人工自然之上，一再告訴人們這些都只是「你以為自然」。即使是鯽魚亦非本地原生動物：「我是一尾來覓食的移民」，一切並非如此理所當然。及至第三節提到疑似的縱火案，對該地物種構成嚴重威脅，但牠們卻沒有話語權，只能受大貪自負的經營者和消費者宰制。此詩寫到南生圍的種種，亦適用於隱喻香港的情況，可見詩人不願默然接受大敘事並反思本土身份的過程。

另一方面，胡燕青〈黃槐〉則描述一種平常的植物。這小黃花深得「我」的喜愛，可是「每到一處都問其鄉人，這是甚麼花／他們彼此相看，只道天天都看見／難以命名。」不論是吳美筠提到的獨特生物，還是胡燕青寫常見的黃槐，人們對它們都是一無所知。不過它們的獨有美麗被詩人觀察到，「為你的短淺身世創作／染不黑也漂不白／這只是普通的黃槐／在羣族邊緣／落地生根的故事」。黃槐在羣族邊緣落地生根的故事，豈非也是鯽魚從山背來覓食移民的故事？兩位詩人各自寫出了一首思考香港身份的詩歌。她們的詩歌源自個人

經驗，卻比空洞無物的消費媒體更接近香港本土的真實。

神秘哲思來自生活的日常

小西表示〈我的書櫃裏有蛇〉源於他一次發現書櫃疑似有蛇的經歷。可是即使翻箱倒篋，最後也找不到蛇，卻給了他創作靈感，寫下這首幽妙神秘、難以言說的詩。詩中迴環往復地寫到「我的書櫃裏有蛇」、「真的有蛇嗎？」、「就這樣消失在 / 一個幽暗的角落」，詩句的重複恰若蛇在遊轉，遊走於「我」的現實與想像之間。蛇的象徵意義非常豐富，最知名的是《創世記》中，蛇誘惑夏娃嚐禁果，從而具有慾望與智慧的雙重含義。就此來看小西的詩作，蛇可能呼應着「我」內心深處的慾望與幽暗面？慾望化成文學創作，書櫃裏的蛇亦可比作詩歌靈感的神龍見尾不見首？取出與放回書本及雜物的舉動，既可象徵「我」被不同層面的內心打開及關上回憶的心扉；從創作論看亦未嘗不可象徵知識與靈感的玄妙關係。此詩可作非常多元的解讀。

飲江〈聞教宗說不信主的人可以上天堂之隨街跳〉提出了一個宗教哲學論題：為甚麼不信主的人都可以上天堂？

詩人替所有人詢問：「有冇咁大隻蛤乸隨街跳呀」。這句廣東話俗語意為「唔信有咁大嘅着數」，但上帝竟答：「有」，把這句俗語由疑問變成答案，讓詩人直接在字詞上作進一步構想。信主的人、不信主的人和上帝分別當上了「咁大隻蛤乸」、「隨街跳」和「有冇……呀（？！）」。上帝作為審判者，就是說「有」將「信主的人」（咁大隻蛤乸）惠及「不信主的人」（隨街跳）。結尾「有唔有／以及人之有」再表達了這種「有」的推而廣之。全詩沒有一個「愛」字，卻無處不流露「人之有」的愛，可謂一首福音哲理詩。飲江對語言的敏感度極高，能巧妙地結合廣東話與宗教哲理，無疑做到了小西所說的，透過詩歌突破文化障礙，展開跨語、跨界思想交流。

迷惘心境的探索和思考

梁匡哲是會上最年輕的詩人，兩首詩都表達了青年人的迷惘，探索詩與感情、個人與人際關係的種種可能性。〈打不開的五個盒子〉運用了超現實意象，如「灰濛濛的零件　／緩緩地進入我的喉嚨」、「添加重複的房間，及意義之淚」，全詩描述了詩人在迷惘混沌時，構思一首詩的過程，及至讀者的出現。至於〈流汗之後我第一件想到的事〉，以「流

汗」隱喻寫詩，擁有如蠻兒般的龍眼後，詩人看到了事物的矛盾：「眼熟得像一個我不熟悉的人」。通過這樣的「陌生化」，再發現了「唯獨只有這刻的側面是我的」，就如詩人選取題材的過程，尤其是情詩。

王良和表示他寫〈這是最後一天了〉時，正面對人生上的一些大風浪，所以即使在上海工作，他好像仍在香港的風浪中搖晃。要歸港時，心裏沒踏實感，「漂浮，為甚麼我總是走得這樣慢？」但仍透過柔和自然的景像、修傘老人的啟示，得以重新面對憂愁，迎向「一個明亮的冬日的早晨」。相比起梁匡哲的隱喻與探求，王良和的詩作能見詩人身影，他十分清楚地知道自己應該做甚麼，他要的不是解答，而是從公園、落葉、老人等景物中得到安慰，讓他繼續前行。

新詩還原香港的崇高

歐陽江河已多年不寫抒情詩，甚或將抒情詩比作多年不吃的甜點。直至最近他到了澳門聽 Fado，忍不住「破戒」。Fado 是葡萄牙怨曲，當男人出海捕魚或打仗，女人就懷着不知男人能否歸來的心情面對大海唱 Fado。在這樣的背景

下，〈Fado〉從第三人稱視角想像女人面對大海唱歌的孤獨情境：「你看見自己身上坐着眾多亡靈 / 你聽見一個無人在星空下獨自歌唱」。唱者終變成亡靈，成為了別人的聽眾。如果亡靈想要「深海般的寂靜」，除非大海化成灰塵、眾人沒有內心牽掛，連肉體都失掉，變成天使唱歌 —— 然而這些「除非」最後卻「又被孤兒的天靈蓋所合上」。結尾一句以嬰兒的成長反映母子感情，顛覆了上述的種種「除非」，更暗示孤兒將再次重複父母親的命運（葡萄牙語 Fado 意為命運）。相比中國古代的閨怨詩，〈Fado〉添上了大海孤寂的壯美情感，加上其橫跨時間與空間的想像思維，結尾更以滄桑孤兒呼應 Fado 的命運主題，開展了深邃廣闊的詩意空間。

新詩素來被人視為一種難懂的文體，常被排擠於主流文化之外，特別在消費文化極盛的香港，新詩總處於邊緣中的邊緣，貌似被五光十色、眩人耳目的消費和媒體文化所淹沒。實際上，邊緣的位置恰恰能讓詩人觀照當代社會以至世界的種種情勢，並以抵抗的姿態，抗衡消費社會的物慾泛濫、洞察媒體時代的庸俗失真，堅守詩的尊嚴與大是大非。

詩歌抗衡消費政治和自媒體文化，如〈龍年歲首〉要詩

歌看穿當代社會的異化與失真。而香港詩人詩作，從表達羣眾庸俗與詩人內省的分隔、書寫本土特質、神秘哲思，到反思創作、抒發自我，都在回應個人對生活的獨特思考，並在朗誦會上向這位中國詩人呈現香港的不同面貌。透過詩人的書寫，「香港」褪去各種被冠上的庸俗命名，還原到人的生活與自我，使香港詩通過超越微細甚至卑微而不被看見的「象外」，展現其崇高與大是大非。

香港的出路：
以虛構小說穿越歷史對抗當代？

吳美筠

中國傳統小說對歷史虛構性敲問

中國敍事傳統本身就具虛構性，由歷史敍寫打開，多少帶有想像。《史記》、《春秋》若非通過虛構再現歷史，司馬遷如何上溯幾近神話的軒轅皇帝，如何證實荊軻圖卷窮末刀刁現形？許子東在〈架空穿越：第三種虛構歷史的文學方法〉[1]指出近年中國興起網絡文學，在「年輕人寫年輕人讀」的網絡文化生產機制裏，虛構歷史又成為網絡小說熱潮。如

1　許子東：〈架空穿越：第三種虛構歷史的文學方法〉，《嶺南學報》，2017 年 11 月，頁 69-95。

果正如他所言，當代文學有三種虛構歷史的方法：第一種是歷史演義，第二種是故事新編，第三種是穿越和架空。《三國演義》所代表的歷史演義傳統，則是大眾的代入，把《三國演義》視作歷史人物的造型詮釋來傳世，甚至把小說的劉關張視同歷史人物來敬仰。不少網絡歷史小說改編電視劇後，又在香港上演，如二月河的《康熙王朝》、《雍正王朝》。許子東認為「這種傳統歷史小說的最大特點，就是盡量不要點穿文學敍述與歷史事件之間的距離，盡量至少讓民間大眾讀者相信，小說是對過去歷史的真實的記錄和模仿」。然而，這也造成不時有觀眾投訴電視劇不遵史實欺瞞觀眾的問題，再翻檢這種用故事講歷史的演義體小說，何嘗不曾「惡搞」歷史？借歷史人物和事件含隱當代的意識形態。

有說香港不擅歷史小說，而大陸網上歷史小說卻大行其道。其實論者忽略談論故事新編的歷史虛構敍述更為大眾所受落。不少取材自第二種的故事新編的歷史劇，人物和事件取材史實，然後大造文章，像《鐵齒銅牙紀曉嵐》、《後宮甄嬛傳》，以及近期熱播的《芈月傳》。這類用文學刻意改造歷史的小說路向由魯迅《故事新編》開創發揚。香港則以李碧華最為經典，她直接由經典文本進行顛覆，抒發的是當

代人的視角和看法。至於第三類穿越才是網上小説的熱點：小説人物通過違反歷史的方法穿越古代。架空嚴格來説根本不是歷史敍述，人物只是穿越到一個沒有時間指向的時間、根本是子虛烏有的空間。

有趣的是文中許子東花大量篇幅分析八十後女網絡作家海宴的《琅琊榜》。這小説在大陸浩如煙海的網絡小説脱穎而出，成為最熱門點擊作品。改編成電視連續劇在全中國播放，也奪得最高收視，熱播時點擊也破億。可是來到香港無綫電視播放，竟然受到極大的冷待，收視跌眼鏡。《琅琊榜》故事完全架空，沒有特定朝代的根據，人物姓名、職銜、場景卻又疑近南北朝，無論文政抑或武鬥，那主角梅長蘇不惜一切代價，忍辱負重，矢志為當年一宗冤案翻案，卻絲毫沒有叛逆昏庸帝主推翻王權之逆心，只呼喚明主出山。這種中國式狹義的傳統俠客形象，又更直逼現實。作品是虛構歷史，跡近當代現實的寫法，對香港讀者來說倒反而非常陌生。

香港作家膽敢穿越當代

許子東曾在「現代與古典的相互穿越 —— 故事新編與理論重建」研討會[2]上調侃近年國內盛行穿越,卻總穿越不到晚清民國;但香港陳冠中的《建豐二年》偏就穿越國共爭戰的歷史,使之一出版,便在香港甚至台灣矚目,獲選二十大華文長篇小說之一。

陳冠中曾是七十年代激進分子。王德威在上述研討會曾宣讀論文〈以小說對抗當代!穿越香港歷史的三種方法〉,提及「多年兩岸三地的經驗讓他評論世事,洞若觀火。香港回歸前後,陳冠中從小說創作找到干預歷史的形式。」《建豐二年》寫「烏有史」,其實針對「烏托邦」而生,兩者皆天馬行空,充滿想像,卻能「讓讀者拍案驚奇的卻是與現實語境的對話。兩者一以空間,一以時間,介入現實,因此產生似是而非的對比、遐想、批判可能。」[3] 烏有史更邀請讀者思

2　香港嶺南大學中文系主辦「現代與古典的相互穿越:故事新編與理論重建」國際研討會,2016 年 9 月 29 至 30 日。

3　王德威:〈以小說對抗當代!穿越香港歷史的三種方法〉,「現代與古典的相互穿越:故事新編與理論重建」國際研討會宣讀論文,2016 年。

考歷史，歷史不是誰說了便算。陳冠中借信而可徵的史實，追問 What if，虛構「如果推倒歷史重來」的情節引人入勝。或許讀到受迫害的知識分子摘諾貝爾獎，廣州有麥兜崛起於大眾文化，讀者會在虛實之間尋找到發洩的快感。

　　整部小說的時間敍事起點包裹在 1979 年 12 月 10 日這刻，正史上是台灣高雄發生美麗島事件的同一天，也是台灣民主運動的轉捩點。這歷史關鍵時刻正是班雅明（Walter Benjamin）對現在的觀念，呈現過去，執着記憶某一危險時刻的爆發點，恰好就是歷史召喚過去的神秘力量。所謂「以古駁今，爆發成為現在的關鍵時刻」。王德威文章推論陳冠中所謂的爆發點，推移另一場敍事想像。

　　香港敍事不能統籠以寫實或虛構概之，也不能硬生生把嚴肅文學和流行文學、寫實文學或虛構文學截分。虛構以顛覆日常習慣敍寫，而日常接觸不少中國特色的政治性寫實主義，何嘗不是「實事虛寫」。「香港作家如何藉小說介入現實」最為當代學界注意。根據王德威教授的論述，小說的虛構性是有所指的，是通過顛覆想當然的習慣。王德威引述漢娜・阿倫特（Hannah Arendt）指出敍事是創造公民領

域，奠定歷史意識的基礎。[4] 文學與歷史的書寫不一樣，文學的書寫可以關於現在或未來。任何社會無論歷時短或長，也必須有強烈的說故事的方法。

傳奇道出歷史的誘惑與兇險

奪得 2017 年台北國際書展大獎兼香港書獎的異軍《龍頭鳳尾》，明顯用極端強烈的方法敍寫歷史的另類例子。小說敍述香港淪陷前後灣仔一從大陸偷盜來港的黑社會江湖大佬的經歷，之所以先兵後賊入黑道，全因為無一技之長，亂世難以維生，而當中最讓人張口結舌的是夾帶色情鬥爭的場面。當中更涉及一名洪門堂口老大和殖民地英國情報官一段不可思議、令人矚目咋舌的「斷臂之戀」，若說全書充斥着賓周充血、通姦、亂倫、羣交、性虐待的描寫場面[5]，難免令人有譁眾取寵的印象，這也是此書近年在香港文壇引起爭議的原因。

4　Hannah Arendt, *The Human Condition*（Chicago: University of Chicago Press, 1998），pp.166-192.

5　王德威：〈歷史就是賓周 —— 論馬家輝的《龍頭鳳尾》〉，《龍頭鳳尾》（台北：新經典圖文傳播，2016 年），頁 8-17。

這不為外人道的同性戀關係，不但建基於真實的香港歷史場景，更在情慾之外一種利益瓜葛糾纏：黑社會「龍頭」大哥要靠這段「鳳尾」關係得有勢力人士關照，而殖民官也需要黑道消息方便統治。當中不難看出這段情投射了在抗日前後中港亂世奇詭的政治交錯，以及眾生為謀生而產生的情慾拉扯和局勢角力。「龍頭」、「鳳尾」同時又是賭博天九牌的一種疊牌的方式，將尾的兩棟疊起在頭兩棟，造成首兩棟高勢，形態上猶如香港諺語「有頭威無尾陣」，隱喻英國殖民大費周張，一旦遇到日本侵入，卻馬上潰散，並不堅持對香港的道義和責任。

此書一開始就不斷挑戰讀者的尺度，震撼讀者的閱讀界限，以第一身「我」記憶少年時聽外公大啖牛賓周，縷述謝菲道口成記茶樓的老闆吉叔的奇談，輾轉聽聞哨牙炳在1967年「金盆洗撚」。牛「賓周」和「撚」皆指涉雄性陽具的廣府話，前者俚語後者粗口。「金盆洗手」本來指黑社會人士退出江湖的意思，語義仿詞「金盆洗撚」卻是好色的江湖人士宣告收拾色心，不再染指其他異性。粗言穢語已到了極限。台版把粗口翻成書面語作註，可是單看翻譯可能失去當中隱語。馬家輝這部小說言情大膽。香港淪陷時期與九七

之間卻巧妙聯類，王德威認為「《龍頭鳳尾》之所以可讀，不僅是因為馬家輝以江湖、以愛慾為香港歷史編碼，更因為藉此他點出綿亙其下的『感覺結構』。那就是秘密和背叛。這兩個詞彙不斷出現，成為小說關鍵詞。在書裏，秘密是香港命運的黑箱作業，也是種種被有意無意遮蔽的倫理情景，或不可告人，或心照不宣，或居心叵測。相對於此，背叛就是對秘密的威脅和揭露，一場關於權力隱和顯、取和予的遊戲名稱。」[6]

　　馬家輝住過灣仔，當中回顧的這段虛實難辨的香港史似有現實的收採經驗。例如結局由「我」追查主角英情報官張迪臣的下場，取材自英國國家檔案館英國陸軍部檔案中審判日本戰俘的記錄，當中就只有張迪臣「由幾名我軍士兵把他反綁在椅背上，脫光全身衣服，拳打腳踢。」[7]一語，擴展成那段分桃斷袖，與政局糾結黑白兩交纏的暗黑戀情，完全由一句驚人歷史內幕支撐起。於是實史虛寫，虛筆寫實，在虛實之間，沉澱着對歷史的秘碼。

6　王德威：〈歷史就是賓周 —— 論馬家輝的《龍頭鳳尾》〉，頁 15。
7　馬家輝：《龍頭鳳尾》，頁 331。

王德威教授拆解小說以江湖會黨的角度看待歷史轉折，認為以往香港寫作的情色符號多以女性（尤為妓女）為主，像李碧華的《胭脂扣》。馬家輝所強調的男性之間的政治和慾望糾纏角力才是香港版《色戒》，還香港穿越小說的本色。小說的歷史背景布幕，就是對忠誠的一次弔詭的玩弄：無論向殖民的英國低頭抑或向日本投誠，都不算忠於國，可是國家卻又分裂成兩黨，彼此在挑戰着忠誠的底線，而最可靠的忠誠來自黑幫哥兒，是靠打殺色劫而活，而不是口口聲聲、需索不斷的愛和情慾。

在社運與退隱之間躊躇的知識分子

　　出身香港中文大學哲學系的黃可偉撰寫《田園誌》，投射出對香港青年對社運參與革命行動的掙扎。小說取材自菜園村事件，主角是過氣的社運分子，見識過抗爭的激情與挫敗，受到抑鬱困擾，寧願退隱田園小村。可是因高鐵而又再之被牽扯入抗爭中。可是人物「懷疑強權下的抗爭是否有效」，「懷疑自己作為知識分子在思想與行動之間取捨的兩難」。主角又愛上女性社運成員，同時面對所謂居住正義等議題所涉及的複雜人事。作者敍事技巧和人物塑造雖力有未

逮，這部作品並不是成功的小說。但值得注意的，是他呈現了香港年輕作家如何通過小說思考小說可以為社會做甚麼。

為小說撰序的曾瑞明是作者的同窗校友，也是詩人及作家。他在序言提到這小說沒有偉大人物，不是育成小說。值得注意的是序言一開始借南方朔〈所謂知識分子〉開腔，用「自大、不可一世、言行不一」這些字眼來批判左翼知識分子對理解他們沒有任何幫助。反而，他們處於甚麼處境有甚麼弱點、出路、能量才更值得關注。這份關注使曾瑞明理解黃可偉的小說，即使對某類知識分子批判，也較心平氣和用小說的形式去聆聽多於揭露。雖然可能小說隱然含有作者黃可偉個人身影。

三部小說，用了三種截然不同的文學語言：陳冠中明顯放棄了一貫新三及第風格而用較規範的書面語，卻反而受禁；馬家輝的文字最多俚語粗言，不能進入中學；黃的語言較淺白，句構是港式語言，不完全是標準的規範漢語。關於文字，文壇上雖無所謂是否標準書面語之爭，傳統或規範語言也並非香港文學書寫的包袱。但先把這三部小說提升到學術層次的討論，卻是承認不諳香港方言的王德威。

他為香港人敲問,「小說何為?」在他們筆下揭示了香港文學的空間有驚人的價值,「以小說對抗當代」![8]

　　香港承繼中國文化傳統的主流,又對文化有另類(alternative)想法,在全球文學書寫環境裏無可替代。即使本地編輯出版界有嗟嘆香港市場狹窄,必須打入大陸的市場才能生存的論調。同時香港的文學創作在大陸不會發行,台灣又不一定有興趣出版。在香港這小小浮城,小說卻生生不息成為異類,證明它有爆發性能量。文學穿越歷史,對抗時代,自古有之,只是,這場穿越,這場對抗,能量來自甚麼?而小說,會不會是香港的另類出路?

---

8 王德威:〈以小說對抗當代!穿越香港歷史的三種方法〉,「現代與古典的相互穿越:故事新編與理論重建」國際研討會發言。

第六輯

為甚麼編修香港文學史那麼難？

編修香港文學史是整個香港文學界的共同願望，很多學者為此付出畢生心血。內地編寫的幾套香港文學史，在中國文學史的大敘事下往往論斷失當。近年《香港文學大系》出版後，為香港文學修史奠下重要的基石，可是與正式編撰香港文學史仍然有一段距離。本輯文章，有藏書家的角度，有學者角度，有文學編輯角度，有年輕作家角度；從編收到編輯部署、從選集到正典化等問題，從修史到學術視野之開拓，論盡修史究竟為甚麼困難重重。

文學收集者的大遠景小故事

劉永森

文學書刊的獨家庫存

「香港」這個故事為何這樣難說？要說又好像那麼說不清。如想了解香港，文學可能是重要線索。若不是出席香港文學評論學會與商務印書館合辦的「香港文學有故事」系列講座《本土文學的收集與編彙》，就不會知道香港文學百年來已積存了那麼多作品和資料。讀者可能疑問，如要接觸這些珍貴的書籍或資料，該到哪裏找尋呢？講者之一馬輝洪先生是香港中文大學新亞書院錢穆圖書館及聯合書院胡忠多媒體圖書館主任，多年來參與「香港中文大學圖書館香港

文學計劃」[1] 的整理工作，涵蓋學報及期刊文章、香港報章文藝副刊文章、文學書刊、學位論文的香港文學資料庫[2]，與香港文學有關的珍藏資料，如人物檔案、團體及組織、報紙、刊物、香港文藝活動、香港文學專題和香港文化資料。他分享統計過 1948 至 1969 年本地共有 443 筆文學活動，反映當時文學的活躍程度，所以與文學活動有關的材料也在他們庫存之列[3]。像這類講座的討論，出席者也不少，事過境遷，若無人收集記錄，很可能便湮沒無聞，無法支援香港文學之研究工作了。

---

1 「香港中文大學圖書館香港文學計劃」包括在 2002 年 12 月成立的香港文學特藏，目的是系統蒐集及整理香港文學資料，以作永久保存和支援香港文學之教學及研究工作，推進香港文學的發展。

2 香港文學資料庫在 2000 年 6 月成立，涵蓋範圍包括：學報及期刊文章、香港報章文藝副刊文章、中大圖書館之館藏香港文學書刊、其他報章文章、學位論文，總數 523,084 筆資料（全文共 197,330 篇），所收資料現代與古典並重，而更重要的是中文與外語兼收。

3 香港文學活動搜尋於 2011 年 9 月亦成立，當中的條目主要由四部分材料組成：黃繼持、盧瑋鑾、鄭樹森主編《香港文學大事年表（1948–1969）》中摘錄「活動事項」的條目、何慧姚主編《香港文學年表（1990–2000）》中摘錄與文學活動有關的材料，以及香港中文大學圖書館館藏逾百件香港文學活動海報中整理記錄。

資料珍本在網絡共享

　　小思老師早在 1983 年已呼籲各界整理香港文學資料，並身體力行，捐出大量珍藏文獻[4]。其後更與鄭樹森和黃繼持兩位教授合力推出一系列有關香港文學史料的專書。小思亦提出：「資料處理方法，應由從前的『手工作業』轉到電腦化。由先進科技為我們節省人力及時間，且求得精確而快速的效果。」因此促成「香港中文大學圖書館香港文學計劃」電子化有效管理資料之餘，亦使大眾隨時上網便輕易查找資料。如果對香港文學有所認識的讀者，必會知道香港中文大學圖書館向來都是香港文學愛好者的「寶藏」，因為當中有不少「獨家」資料。例如香港第一個新文化機構「受匡出版部」創辦人孫受匡的珍本小說《熱血痕》(1923)、文學期刊包括 1924 年 8 月創刊的《小說星期刊》及 1928 年 8 月 15 日創刊的香港新文學雜誌《伴侶》等，其他原始文獻，如著名作家侶倫、謝晨光、柳木下、劉以鬯等人的手稿、信札

4　盧瑋鑾教授所藏香港文學檔案於 2005 年 6 月啟用，主要是小思教授珍藏與香港文學有關的資料如人物檔案、團體及組織、報紙、刊物、香港文藝活動、香港文學專題和香港文化資料，共 38,000 項資料，1,200 多項檔案。

等。2014 年 1 月啟用的香港文學地景資源庫，把全港 18 區文學地景資料整理，提供相關文學篇目、考察路線、文學地圖、筆記紙、活動花絮、學生作品和導師點評，把香港文學普及到日常生活中，提高大眾以至青少年對香港文學的興趣，完全是推廣香港文學的最佳方法。

香港文學的作品或資料非常多，而一些珍貴的資料更是難以找到，讀者可能會疑問，如要接觸這些書籍或資料該到哪裏找尋呢？圖書館會是最快最直接的方法，香港中央圖書館就設有香港文學資料室供市民於館內查閱，而這些「珍貴」的香港文學資料實際上距離我們並不遙遠。香港中央圖書館雖設有香港文學特藏，但有一些絕版或早期的書刊，就要依賴「有心人」來捐贈了，因此有所缺失是無可厚非的。如果對香港文學有所認識的讀者，必會知道香港中文大學圖書館向來都是香港文學愛好者的寶庫，因為當中有不少資料可說是「獨家」，相信不少讀者亦希望了解這個「寶藏」，問題是誰來解開這個「寶庫」之謎？

馬輝洪先生提出了幾個重點反思：以圖書館作保留香港文學存在極大的局限，即使是中文大學圖書館，有關香港文

學計劃只不過是整個圖書館的一小部分，未必有更多的資源推廣和保存香港文學；另外，大部分圖書館管理員沒有受過正規的文學訓練，因此對某些珍貴的資料未必有即時懂得處理，而且圖書館所保存的是以圖書館的方向出發，因此所保留的資料是有一定的局限，如選擇作品並非以文學性為先。而圖書館是保存書籍和資料的重要堡壘，推動香港文學的保護及發展，真是圖書館的責任嗎？

關乎本土，超越本土

香港教育大學人文學院院長陳國球教授擔任《香港文學大系》總編輯的重責，縷述編彙《香港文學大系》的源起、過程時，強調香港文學關乎本土又超乎本土：「假如討論香港的本土意識，卻不談論文學，這是說不過去的。可惜很多人都忽略了。」

1970 年代的香港開始文化身份的反省，出現了「香港文學」的主體探索。礙於資料散失，一直無法整理香港文學史全貌。到了 1980 年代，香港前途問題加強文化身份的追尋，開始有人提出《香港文學大系》構思，但一直未能成事。到

1990 年代回歸在即，內地出版了不同的香港文學史，但有很多疏誤，香港文藝界提出先整理香港文學資料，再為香港文學修史的想法。到了 2009 年，承接前人努力，香港教育學院中國文學文化研究中心由 12 位本地院校學者、文學專家組成《香港文學大系》編輯委員會及主編團隊，香港視角出發，正式展開《香港文學大系》的工作。

一般認為香港本土意識始於六、七十年代，忘記戰前香港早在 1919 年就存在這事實。因此《大系》選擇「從頭講起」，以 1919 和 1949 作為第一輯上下限，希望能追本溯源，爾後的日後續編。另外關於香港文學作品和作家的界定，陳教授笑言《大系》編輯委員會討論過程充滿「火花」，最後才得出一個較能接受而合理的結論；當中也接納了一些受眾讀者主要在香港，而又對香港文學的發展有莫大影響的作品。又因當時粵港交通頻繁，文友相互往來，南來文人在抗戰轉移至香港，建立文藝副刊、文藝組織，本地文藝生態受新文學運動影響，因此選入南來文人作品，以助我們認識香港一直是一個動態的文化空間，在各種環境因素的影響下，顯現其文化與語言的形構與歷史發展，在華語文學以至世界文壇上具獨立位置。

陳教授認為當時的香港文學甚具世界性，如在新文學運動的《新青年》1918 年 6 月推出「易卜生專號」，其中有袁振英的〈易卜生傳〉，原來袁振英是香港皇仁書院畢業，再升學北京大學西洋文學系，可見在「新文學運動」之初，已有香港之蹤影；又如 1933 年創刊的《紅豆》，當中的二卷三期「世界史詩專號」，是現代中文譯介世界史詩最早最全面的一次，可見其視野之開闊。

香港作為龐雜而獨立的文化空間

《大系》務求以有限的篇幅，呈現香港文學史的整體面貌，發掘被時間洪流淹沒的作者和作品，給被遺忘的一個重見天日的機會。有時為了搜集原始文獻資料，本地以至世界各地圖書館、舊書刊拍賣網站和私人收藏也涉獵。再次證明香港的文藝資料非常繁富而龐雜。作為文化空間，能培育出政治和文藝思想非常前衛勇進的文化人，並讓不同文化思潮交匯碰撞。最後陳教授語重心長道：「文學香港」的考掘與發現，是對「刻意遺忘」的抗衡。香港藝術發展局文學組主席吳美筠博士任主持，引述大系序言「扶發文學與文學史之間呈現拒呈現的幽微關係」，追問大系編選是否反映編

者史觀。陳教授並沒有正面回答，含蓄地取其呈現的幽微，叫讀者判斷。

陳素怡比較收編作品與收編評論的分別，指出收編作品通常也會按創作年份或以近似作品風格劃分，而收編評論更着重的是編者對作品的了解。作為編者她希望在有限的篇幅內把每篇作品在不同年份不同風格的評論均能兼顧歸納整理。例如編修《僭越的夜行》時，原來編輯也斯作品的評論，除了能讓研究者更容易閱讀相關的研究資料，更能讓更多人可深入了解到也斯這位香港文學具有重要地位的作家作品。

當她把評論集最初的編排給也斯看時，也斯提點她另一個不同的編輯方法，才會出現如今的版本，而這個版本就是參考自也斯詩集《半途》（1995）的編輯方法，嘗試在編排評論的同時把詩集與主題兼顧融合，這編修方法深得也斯的認同，既有新意亦切合詩的風格。卻也難到了編者，因為不少評論文章內容也涉及不只一篇的作品，在決定收入哪個章節內就只能按評論的主題分類，故在編排上確實花了編者不少的心血。陳素怡記起也斯在圖書館一本一本書拿來跟她分析不同編輯風格，至今仍歷歷在目，感動於心。

香港文學是獨特的文化空間，由歷來有心人一筆一畫勾勒故事，而這個故事之所以完整，當中少不了收集與整理的部分。平時我們閱讀只知有作者，編輯的工作是隱藏的，從今天以後，編者心意也不可輕忽了。

編寫香港新文學史的凌思斷片

許定銘

憑甚麼為香港文學寫發現「綠洲」史？

「沙漠中有綠洲」，寫下這幾個字我停了筆，後面應該用問號還是感嘆號？我在香港生活了六十多年，一直感受到一般社會大眾都把香港視為「文化沙漠」，甚至有不少人認為香港是沒有文化的，更何談「文學」？作為一個熱愛文學的文化人，我常為此感到悲哀！

我是反對「香港沒有文學」這種說法的。我認為「沙漠中有綠洲」應該用感嘆號，因為任何一個沙漠都應該會有綠洲，它未被發現前，旅人總是感到失落、悲哀、沮喪，一旦在茫茫的黃海中發現了綠洲，自然驚喜而慨嘆。被稱為「文

化沙漠」、「沒有文學」的香港，其實是有文學的，只是「香港文學」一直埋在突飛猛進的商業環境背後，未被發掘及呈現出來而已。

香港這塊未被發現的文學綠洲，是在 1984 年，中英發表聯合聲明，1997 年後香港會回歸中國起，才被內地學人重視的，大量有關香港的書籍湧現，連「沙漠」的新文學史也陸續出現了好幾種。

一向不被重視的「香港文學」，連本地學術界也資料嚴重不足而不敢動筆修史，那麼，遠在內地的學者是憑甚麼資料寫成「香港新文學史」的呢？

我把那些倉促成書的文學史仔細地翻閱後，發現大部分內容都非常接近及不夠全面，它們多以 1949 年後作為起點，事實上，香港 1949 年以前，新文學運動已非常蓬勃，五四新文學運動很快已傳到南方這蕞爾小島，1920 年代侶倫與好友等組文學團體「島上社」，文學期刊《島上》、《伴侶》、《紅豆》等的出現，即是最好的證明。寫香港新文學史，以 1949 年開始，是絕對不理想的。至於寫到哪一年，

以 1997、2000 年或更後作終結，是值得商榷的問題。

我說有些內地學人編的香港新文學史不夠全面，不是胡言亂語，據知情人事告訴我，某些內地學人來到香港，躲到大學圖書館去，苦苦埋首幾個月，一部堂而皇之的文學史就面世了。這等於一名廚師走進人家的廚房裏，見到甚麼就煮甚麼，即使廚師廚藝了得，也會因材料普通而煮不出佳餚美食，何況我們希望見到的是級數超羣的盛宴名菜？更何況他們完全不知道，過去幾十年，知名學院中的學人大多輕視新文學、流行文學，圖書館內的藏品相當貧乏，可能連真實情況的一半也反映不出，資料如此貧乏，怎能寫出與事實接近的文學史？

砌作殿堂基石的造磚者

有見及此，一些有識的學者們早在 1970 年代已開始搜集資料，希望憑個人的能力將原始史料收集，即使自己沒時間使用，亦希望為後來者鋪路，讓他們能有所依從。此中最為人所知的是香港中文大學的盧瑋鑾（小思）教授，她是最早有目的地搜尋香港新文學史料的創墾者。1970 年代中期，我在

灣仔開文史哲新舊書的二樓書店，「三益」就開在馬路的另一面，日日有新的舊書到，我一日跑兩次，專收集1930年代的新文學創作及香港新文學舊書。那時候，小思常來，每有香港新文學作品及史料之類，她一律不計價錢盡收，買得好書不少，我印象中較深刻的，是劉以鬯的長篇小說《圍牆》(香港海濱圖書公司，1964年) 和馬蔭隱的詩集《旗號》(香港生活書店總經銷，1948年)，這兩本書相當罕見，此後的三、四十年，我從未在舊書店中見過第二冊，倒是在舊書拍賣會中見過一次《圍牆》，拍賣價在500元以上；在全國性的拍賣會上見過《旗號》，價在千元以上，亦迅即為人搶去。

經數十年之努力，小思的搶救香港新文學史料工作已告一段落，退休前把搜集所得盡捐香港中文大學，成立「香港文學特藏資料庫」供後來者使用，實在難得！

小思自稱為「造磚者」，意思是她搜尋生涯所得，只是造成了一塊塊紅磚，期望後來者利用這些磚塊建成香港文學的殿堂，因她明白到如此艱巨的工作，決不是個人三幾十年間可完成的大業，必須代代相傳才可有所成就，如此胸襟，令人佩服！

事實上，小思在搜尋資料造磚的同時，她已在利用那些資料默默地砌作，與鄭樹森、黃繼持合編的《香港新文學年表》（1950-1969）（香港天地圖書，2000年），指導學生們編的「舊夢須記系列」：《經紀眼界——經紀拉系列選》、《犀利女筆——十三妹專欄選》、《醒世憒言——憒人日記選》……，和近年正埋首努力的《香港文化眾聲道》等，已是有系統的實實在在史料，她不單單是在造磚，而是在籌建殿堂的雛型了。

除了小思，香港大學孔安道圖書館的楊國雄也是很早就開始收集香港文學史料的有心人，1970年代我逛三益舊書店的日子，也常見他埋在書堆裏苦苦翻尋，他搜尋的主要是晚清至民國時期的香港文化報刊，那些珍貴的史料其後就存在館內，而他自己則利用所得，寫成了《香港身世文字本拼圖》（香港各界文化促進會，2009年）和《香港戰前報業》（香港三聯書店，2013年），都是編寫香港新文學史的重要資料。

也斯在嶺南大學主政時期，也曾用心為學校圖書館專心搜尋過香港新文學史料，可惜他開始得太遲，好書多已為愛書人藏諸高閣，收穫似乎不大，我未見過藏品，不敢斷言，

估計會比「香港文學特藏資料庫」和孔安道圖書館遜色。

還有不能不提的，是香港中央圖書館的閉架圖書庫，此館在中環大會堂時期我常去，安坐館內一本一本借讀，不能帶走，雖不「過癮」，卻是好過無得讀。當年我覺得它是中國 1930 年代的珍本遠遠多於 1949 年後的港版作品，其後搬到銅鑼灣中央圖書館後，似乎很難借閱珍本，我近年有幸進「恆溫藏書庫」內參觀過一次，見 1949 年後的史料增加了很多，印象深刻的是有不少徐速的藏書，估計有些文化人逝世後，有心人士會搜得他們的藏書捐到這裏，若如是，中央圖書館的閉架書庫應是一處深不見底的珍本寶藏，只是不易得進，引以為憾！

以上所述全是圖書館內所藏的史料，如果你有條件，便可隨時使用。至於私藏的又如何？

私人藏書是無法估計的，就筆者多年來的觀察，林冠中、鄭明仁、吳萱人、馬吉、黃仲鳴、許定銘等人，手上所藏香港新文學史料應該不少，此中林冠中搜集香港舊書多年，曾接受報刊訪問，家居九成被書佔據，全屋只有小走

廊作通道可供人走動，完全無法作其他活動，後來索性在外間買了另一層樓，才能安置藏書，據說他所藏全與香港文學有關，相當可觀。退休報界老總鄭明仁搜集與香港有關的史料是近五、六年間的事，重點在文化與報業有關者，尤其喜藏簽名本，所藏必須用一層近千呎的樓宇來安置，他接受訪問時的標題是〈你講得出的作家，我都有簽名本〉，人站在書堆中，滿足且陶醉，認真不簡單！吳萱人的藏書有多少？藏在哪？沒有人知道！我只知道每次當我寫有關香港文學的文章遇到困難，問他有沒有某某的書時，他總可以在三幾天內把書借我，以解燃眉之急，尤其所藏 1960 年代香港文社及當年文藝青年的著述及創作，數量應無人能及，單看他兩本有關文社史料的著述：《香港七十年代青年刊物回顧專集》和《香港六、七十年代文社運動整理及研究》，藏書可見一斑。近年在網台上崛起的馬吉，是香港藏書界突然冒起的異軍，據說他特別愛藏詩集，在拍賣會上數千塊搶罕見的詩集簡直似狂風掃落葉，而他網站上的「香港文化資料庫」上所刊有關史料甚具實用價值。

從 1960 年代文社運動湧出來的教授作家黃仲鳴，在香港報界打滾數十年，由編新聞做到老總，對香港報紙上非文

非白的奇趣文體有濃厚興趣，一早着手收集與此有關的報刊及單行本並專心鑽研，其博士論著《香港三及第文體流變史》（香港作家協會，2002 年）及其後的《一個讀者的審查報告》（香港大文出版社，2009 年），都是論說香港俗文學的專著，近年更編了《香港文學大系　一九一九至一九四九‧通俗文學卷》（商務印書館（香港）有限公司，2014 年），成績斐然，全是得力於早年已開始搜集罕見舊書的成果。本來最有機會搜集大量新文學史料的，是 1972 至 1992 年都在開書店的許定銘，可惜他早年的藏書重點只放在台灣現代文學及中國 1930 年代的文學作品上，他總覺得：人既然在港，不怕收不到香港文學，還是專注較遠一些的好。絕對想不到的是一紙中英聯合聲明後，內地學人及世界各地學者紛紛來港搶購此地的文學書，轉瞬間書價突飛猛進，甚至缺貨。到公元 2000 年他從海外歸來，一頭栽進舊書拍賣會去搶貨，經已為時頗晚，收穫微薄了，可幸他還有點門路，又肯北京、上海的飛來飛去，多年來也薄有斬穫，憑藏書寫了《愛書人手記》（天地圖書，2008 年）及《舊書刊摭拾》（天地圖書，2011 年），收集不少與香港文學有關史料，發表了幾百篇還未結集的書影配圖短文，也算造了兩三塊磚。

除了以上的搜書者、藏書客，近年研究香港新文學的學人也不少，碩果纍纍，如：

　　·張詠梅的《北窗下呢喃的燕語：力匡作品漫談》（香港自印本，1997 年）；

　　·陳智德的《三、四十年代香港新詩論集》（香港嶺南大學，2004 年）；

　　·關夢南的《香港文學新詩資料彙編 (1922-2000)》（香港風雅出版社，2006 年）；

　　·劉麗北的《紋身的牆 —— 劉火子詩歌賞評》（天地圖書，2010 年）；

　　·關夢南的《香港新詩：七個早逝優秀詩人》（香港風雅出版社，2013 年）；

　　·李洛霞和關夢南合編的《香港六十年代青年小說作者羣像》（香港風雅出版社，2013 年）；

　　·陳智德的《地文誌：追憶香港地方與文學》（台北聯經出版事業公司，2013 年）。

　　這些具深度的研究，都是很有份量的「磚」，是編寫香港新文學史的實用資料。上面寫的這些書人書事，臚列了

不少有關文學書籍，目的在指出「羅馬不是一日建成的」，要建成香港文學的殿堂，要編寫出有水平的香港新文學史，必須有一羣人默默埋首造磚、組磚，最後才可由建築師領導一塊一塊的砌上去，才能見到成果。還特別指出一點：香港政治及經濟地位特殊，過去幾十年，世界各地的學者及圖書館均可前來搜尋有關著作及史料，有很多珍品早已散到全球各地的角落去了，如果有人現在才開始搜尋史料，恐怕早已錯過了最後列車，我有個奇異的想法：若能把上面提及的藏書庫及愛書人的書集中一起，組成一座史料館，肯定容易成事，只是誰有這樣的能力呢？

編寫香港文學百年史的鉅著

經過多年的努力，最近這兩年終於出現了由孫立川博士主編的「香港當代作家作品選集」和陳國球、陳智德主編的《香港文學大系 一九一九至一九四九》這麼大部頭且有系統的書系出現，有人肯資助這麼巨大的出版計劃，真是香港文學界的盛事。

「香港當代作家作品選集」預計出版約 20 種，入選的作

家有劉以鬯、羅孚、曹聚仁、葉靈鳳、侶倫、黃谷柳、高旅、也斯、董啟章、崑南……，希望老中青、左中右等作家均包含在內。每人選本二十多萬字的選集，讓愛好文學的讀者可一次過讀到同一作者的代表作，同時也可方便研究者用選本去初步了解作者，進而深入探討，免卻左鑽右探都無法讀到同一作者的大量作品而苦惱。

不過，想要動筆寫香港新文學史，單單讀那二、三十個作家的作品就可以了？這簡直是笑話！

我以為，要寫香港新文學史，最理想的年代應該由 1919 年寫到 1997 年，期間涉及近 80 年的史實，以此寫一套文學史，似乎年代跨得太長了，不妨把它劃分成三個時期：

上編：由 1919 年至 1949 年

中編：由 1950 年至 1979 年

下編：由 1980 年至 1997 年

如此劃分自有根據：上編寫的是新文學運動開始至香港社會大改變的前期，這是參考了《中國新文學史》的現代時期編法；中編寫的是大量文化人南下香港，使文壇產生左右對壘及 1970 年代的昇平進展；下編寫中英聯合聲明出現前到香港回歸的文壇變化。如果有人覺得還不夠全面，不妨再補上 1997 年以後的補編，那就是「香港新文學的百年史」了！

要編寫的時間那麼長，香港文壇上出現有份量的作家怎會只有二、三十人？我們期待着可作為重要參考的「香港當代作家作品選集」，能一輯一輯地出版下去，起碼要超過 100 人才有所憑據。

「文學大系」一向都是編寫文學史的重要依據，陳國球、陳智德主編《香港文學大系　一九一九至一九四九》的出版，顯示香港文學已可進入編史的階段了，雖然它只涉及 1919 至 1949 年間，亦即是本文提到的「上編」時期，不過，我可以肯定的是：只要上編出現了，中編及下編自然會很快冒出來。說不定不久的將來，《香港文學大系》的第二輯、第三輯亦會陸續出現呢！

《香港文學大系　一九一九至一九四九》採取趙家璧編《中國新文學大系》的形式，卻在小說、散文、詩歌、戲劇、史料等卷以外，加上了《舊體文學卷》、《通俗文學卷》和《兒童文學卷》，此中最具創意的是《通俗文學卷》，黃仲鳴在卷內導言中把言情、武俠、社會、偵探、科幻、粵謳、天空小說⋯⋯等流行於民間的通俗作品，均視之為「俗文學」，亦即是文學之一種，卷內收入大量罕見的創作，此舉前無古人，甚合我意。一直以來，流行作品算不算文學是香港文學界爭論的重點議題，如今《通俗文學卷》在《香港文學大系》中出現，正好肯定了：通俗作品也是文學。

很久以前有一次跟司馬長風討論新詩，他的意見是：新詩不一定分行，寫得好的散文就是詩。以此引論，寫得好的流行作品就是文學作品了，僅為小眾接受的嚴肅作品被收入文學史，受大眾歡迎的武俠、言情、驚險、歷奇作品為甚麼不能入文學史？我樂見金庸、梁羽生、三蘇、倪匡、亦舒⋯⋯等的流行作品將在香港文學史上佔有一定的位置！

時至今日，我們已有了無數具份量、有深度的「磚」，也有了「香港當代作家作品選集」和《香港文學大系

一九一九至一九四九》，香港肯定已不再是「文化沙漠」，
是一處蓬蓬勃勃、充滿生機的文化綠洲，屬於我們自己編的
文學史的出現，指日可待！

2015 年 10 月

從「收編文學」看香港文學「正典化」問題

吳廣泰

編者與評論者的角度差距

「收編文學」不只是搬字過紙的作業，還需依靠編者的知識與耐力，在眾多作品中選出佳作。一本嚴謹的選集出版，可以反映出編者的個人品味和眼光。香港文學評論學會舉辦了一場名為《「鴛鴦茶座」系列：收編文學》的講座[1]。在這講座上，馮偉才和曾卓然分別就他們編選的新作《香港短編小説選 2010-2012》、《也斯的散文藝術》，就編選時所考量的種種問題作出了講解和分析，並邀請了香港中文大學中

1　講座於 2015 年 8 月 29 日舉行。

文系副教授鄺可怡博士對兩位的選本作評講。

　　會上曾卓然談到一位編者或評論者看待作品的角度，和創作者本身，可以有很大的差距。所以在文學創作與文學選本之間，似乎常陷於兩難局面，選本或可以看出編者對一位作家創作風格的詮釋，卻未能看見作家如何理解自己作品的價值。《也斯的散文藝術》的情況則有所不同，也斯在編選過程中一直參與其中。這部選集不僅可以看見他人如何評論也斯的散文，同時也透露出也斯如何理解自己作品的價值。曾卓然指出也斯散文創作量豐厚和其成就，相較於他的詩及小說，常遭到忽略。他在編選《也斯的散文藝術》，重視呈現也斯散文的多重面貌，也期望往後更多研究，從更多角度閱讀也斯散文的價值。

　　馮偉才不僅是《香港短篇小說選 2010-2012》的編者，也曾編選多部短篇小說選以及最早的《香港短篇小說選 1984-1985》。在過去，香港文學仍是新興課題，第一輯短篇小說選，必要先確立位置，定義何謂香港作家和香港作品，也要在收編最好的作品和展現各種面貌兩者間抉擇。馮偉才決定取後者為方針，因為他明白每個人所認定的最好，

可能有所不同，身為編者該把最後的審美留予讀者。

　　馮偉才的編選策略是閱讀編選年份間所有的文學雜誌與副刊上的短篇作品，但作者指出在 2010-2012 年間香港文學創作和出版的衰落及減少，使需閱讀的作品和發表園地亦相應地較少。他又認為讀者應注意和理解，不同編者的編選角度肯定存有出入，但正因為可以有各種各樣的角度，文學閱讀與評論才可以紛繁發展。創作方面，他認為香港作家出現斷層，在差不多 30 年前被編選的作家，今次的選集仍然出現，而且亦為數不少，因此他希望可有更多新作家迎頭趕上，修補香港文學傳承的裂縫。

選本建構文學史的作用

　　在兩位編者分享後，鄺可怡教授的評述和提問，把話題延伸至更深入的地方，討論到選本對文學史建構的作用，甚至其中擔當的歷史任務。講者論及文學編選或對於作品正典化起着重要影響，引導聽眾思考文學上所謂經典型塑過程和意義。鄺可怡教授提出的觀點很值得我們深思，她指出「香港文學」這個名詞是新近二、三十年才出現，加上學院派的

努力推動，使「香港文學」這個詞語的意含不斷深化，才有今日可見的面貌。這表示「香港文學」還是一個「初生」的嬰兒，因此「正典化」是一個很重要動作。

　　大家可能會有疑問，甚麼才是香港文學的「正典」作品呢？文學批評家哈洛・卜倫（Harold Bloom）認為，「正典」的文學有着令人着迷的吸引力，它們創造了一個時代，使後人無法突破它們，更被困於它們的影響中；卜倫指出如莎士比亞（Shakespeare）和但丁（Dante）的作品是西方正典，他們作品的普遍性，使其他後世的作者都難以迴避[2]。從以上可見，「正典」的作品是具有開創性和代表性，亦有很深的影響力，即如談到西方文學，第一個想起的必然是莎士比亞，但放諸於香港文學，暫時未有一部作品或作家有着超前，甚或能夠完全代表香港的共識，因此香港文學是未有所謂的「正典」，但「正典化」是進行中，而「收編文學」便是其中一個很重要的方法。一部選集的作品是編選者的品味，憑着編選者的才識，使這些作品更能保存於世；隨着這些作品不

2　卜倫（Harold Bloom）著，高志仁譯：《西方正典》（台北：立緒文化，1999 年），頁 735-736。

斷被選入（亦即表示這些作品很符合大部分編者的口味），漸漸的這些作品便可能成為某個時期的代表，而這些過程正是在「香港文學」中進行。這亦引申出另一個問題，這個「正典化」過程中所選取的作品又是否有「合法性」？被稱為「正典」的作品必須能通過時間的考驗，卜倫認為「有關正典地位的預言必須在一個作家去世之後，經過大約兩個世代的驗證。」[3]，而馮偉才和鄺可怡教授指出，「香港文學」中的選集往往是「即時性」，作品是在很短時間內被編選，往往是反映這作品在該段時間內的「特色」，然而這些作品未有經過時間的考驗，不可說是「正典」，但它們卻更能反映當時的情況。但這又衍生出第二個問題，這些作品所反映的當時情況，是指甚麼情況呢？由於是「即時性」，作品是反映當下，即最能代表這段時間的作品便會被選入，在當下會受很多，如意識形態、社會、政治或編選者的立場等非文學因素影響，而且「即時性」亦會缺乏「歷史感」；既然是編選集亦即是編者認為是有代表性的作品，但這亦意味着某些作品會被放棄，那又是否代表那些被放棄的作品「不值一提」呢？正如上文所述，選集會受不同因素影響，所以一定會有「遺

3　同上註，頁 734。

珠」需廣大的讀者發掘。香港文學「正典化」過程是進行中，但是艱難的，我們最缺乏的可能是時間的考驗；何謂合適的作品亦是另一個難題；「正典化」問題同時亦是一個歷史身份建構的問題，甚麼作品才能代表「香港文學」？

建構身份與集體記憶

在講座上，眾講者提出了選集亦是建構「文學史」的其中一個方法。「文學史」這個詞語有不同的意涵：「文學史」既指文學在歷史軌跡上的發展過程，也指把這個過程記錄下來的文學史著作[4]；而文學史最大影響便是成為廣大市民的集體記憶（collective awareness）[5]，而能記載於「文學史」中的作品，可說是「正典」。眾所周知，書寫歷史是一種權力的再現，而文學史的書寫往往受外緣因素影響，「一個時代的宗教、社會、美學等方面意識，可能強烈地影響當時的文學品味 —— 這主要反映在主題的要求上⋯⋯」[6]，文學變成了文

4　陳國球：《文學史書寫形態與文化政治》（北京：北京大學出版社，2004年），頁317。

5　同上註。

6　同上註，頁347。

化史的研究。選集作品也是建構「文學史」的一個方法，這些選集為「文學史」提供了資源，得以留世的作品便是大家的集體記憶，憑着「文學史」建構了身份。但正如前文所述，文學史的書寫受很多因素影響，香港的文學史亦不例外，鄺可怡教授在講座上指出「香港文學史」曾在 1997 年前後大量出現，可能是與「香港回歸」有關；而這些「香港文學史」的編撰者基本上是中國大陸的學者。面對着這批「橫空出現」的「香港文學史」更有學者認為是「收編香港」，希望把「香港文學」寫入「中國文學史」之中，把「香港文學」添補在中國現代文學為主體的大綱上 [7]。面對着這種張力，選集可能便是突破「缺口」的方法，透過「正典化」的過程，正是製造「集體記憶」的另一種方法；某程度上，以這種方式展現「文學的發展」，即非敍事體形式表現的「文學史」，可能更有效存於社會羣眾的意識中，因為能被編選的作品普遍認為是具代表性的。

「收編文學」其實是把文學「正典化」和書寫「文學史」，

7　陳國球：〈收編香港：中國文學史裏的香港文學〉，《都市蜃樓：香港文學論集》（香港：牛津出版社，2010 年），頁 3-21。

兩者皆是歷史身份建構的問題;而歷史正是由各種論述構築而成,編選者則掌握這種「話語權力」;事實上,他們正在編寫歷史,因此,「收編文學」對香港文學的發展有很重要的影響力。

文學史與文學性的紐帶
——略說香港的新詩選集

梁家恆

讓我先從一個比喻說起。近日流行一種據說是從日本傳入的潮流文化,叫「斷捨離」。它是有關清理家居雜物的某些主張,含有去蕪存菁,只保留最重要的一少部分的意思。回到文學話題,其實編輯一部文學作品選集,何嘗不是一次繁複艱巨的「斷捨離」?若據陳智德編纂的《香港文學大系一九一九至一九四九·新詩卷》,香港新詩從二十年代中期開始算起,至今發展已超過 90 年,要編選一部香港新詩選的話,面對的就不是作品不足,而是作品太多,如何盡量去蕪存菁的問題。

曾經在學院裏，遇到過不少非本地的文學研究生，有時說到新詩，他們都會好奇地問香港有詩嗎？他們的意思當然不是指有沒有詩作產生這個事實問題，他們實際上指的是香港詩普遍來說真的可以拿來與中國內地或台灣相比嗎。面對這種無意的詰難，我們不會滿足於只舉出一、兩首我們認為最優秀的作品，或只列舉一、兩個最優秀的香港詩人，然後就當作貼切地回應了他們的疑問。從任何角度來說，這種回應方式都只能是權宜之計。筆者設想得到的最好的回應方法，當然是能夠向他們推薦一本最能代表本地詩作水準，集本地創作精華的香港新詩選，讓他可以在一趟車程或一杯咖啡之間頓覺眼前一亮。但問題是，我們真的拿得出這樣的一本詩選嗎？

　　其實，香港不是沒有相關的新詩選集，而且圈內人幾乎都知道，一談及香港詩選，似乎針對每一個年代都有一部代表作，但也似乎僅只一部。收錄二十世紀三、四十年代的有陳智德編選的《三、四○年代香港詩選》；五、六十年代的則有黃繼持、盧瑋鑾、鄭樹森合編的《香港新詩選 1948-1969》；七、八十年代的則有錢雅婷編選的《十人詩選》；九十年代的則有黃燦然、陳智德、劉偉成合編的《從本土出

發 —— 香港青年詩人十五家》，概括而言，大致如此。而嘗試貫穿各個不同時期的則有黃燦然編選的《香港新詩名篇》以及胡國賢編選的《香港近五十年新詩創作選》。另有王麗瓊、吳美筠等人合編的《港大·詩·人》（至於規模較小，收錄面較狹窄的如藍海文編選的會員年度作品集，或中大吐露詩社編輯過的幾本社員作品集，諸如此類的合集或選本就不再在此一一列出）。

表面上這些選集好像滿足了不同讀者，做到各適其適，但是整體來說，筆者發覺有兩大可再商議之處，至少在為了解答上述那個詰問而去搜尋資源的大前提下，我們總好像若有所失。

首先，大多數選集似乎都太過重視藝術價值與文學史價值的平衡，甚至有時評選的天秤較傾向文學史的一方，最終導致「點將錄」式的兼收並蓄。每位詩人各取一、兩首代表作，盡量把不同詩人的身影納入這個文學史的鏡像之中。另一些則稍近於聯誼紀錄，而透過作品映照出文學交往與作者聚散，又往往是文學史的茶餘飯後最歷久彌新的話題。這樣，詩作作為文學藝術品與作為文學史料的兩種特質，在

一本詩選內乍看起來好像並駕齊驅，然而實際上卻容易順得哥情失嫂意。

其次，編選者在評鑑詩作的藝術水平或文學性的問題上，似乎仍有不少可再斟酌的餘地。舉例來說，某些作品實驗性很強，但未必具有很高的藝術水平，站在文學史的角度而言，便應留有紀錄，但這無異於編纂文學史的前期工夫。而這種前期工夫的目的只在於告訴別人香港確有新詩這回事，多於呈現本地新詩的瑰寶。又例如一些重視思想呈現的詩作，乍看來好像富於機智，但再看下去又不免令讀者站在詩歌語言與散文語言的界線上疑惑不安。又例如覃權，他雖然和溫健騮同期，而且也是如此地早逝，令人婉惜，但他的一些短詩即使驚鴻一瞥，卻畢竟較難寄託深刻的情感與意義。又例如馬若，文字平直條暢，詩意清淡，卻畢竟去如流水，未必能令讀者再三品味。凡此種種，對編輯一部講求精益求精的詩選而言，選入或是捨棄，挑戰實在非常巨大。

而且我們發現時代距離我們越近，審美尺度越難把握得好。從更宏觀處着眼，我們編選香港新詩或許正處身一種「唐人選唐詩」的階段。無論是《河嶽英靈集》還是《中興間

氣集》等唐人選本，要和後來清代的《唐詩三百首》相比的話，必然是顯得非常褊狹與局限的。逐漸撤除文學潮流的左右，這種後世眼光之難也在於此。從前代的例子我們看見，若想得出一部去蕪存菁的精選，太過偏重某種單一風格反而不佳，同時也不能是兼容並蓄，人人有份。其中需要的是一種不因風格、主題而大幅受到影響的審美尺度，換句話說，是一種歷經時間淘洗而漸趨穩定的結構。可是這種穩定的審美尺度在當下非常難以掌握，《紅樓夢》裏記載香菱向黛玉請教學詩要訣時，說喜愛陸游的「重簾不卷留香久，古硯微凹聚墨多」。黛玉立即反對，認為一入了淺近的格局就再學不出來。陸游的詩乍看起來並沒有甚麼問題，也很吸引，但黛玉就是看穿了各種表面的特色。如此，我們不妨把這則故事當作一個值得借鑒的類比來看待。

相比中國內地或台灣，香港新詩的整體規模或許稍有不及，但其歷史同樣可算是源遠流長。和兩地相比，香港新詩的正典化的沉澱過程就顯得緩慢很多。編纂香港詩選時，如果編者能夠更重視藝術性的話，那對推動本地新詩正典化的步伐或許會產生更大的幫助。